JN061313

泉原猛作品集

松籟の下に

泉原　猛

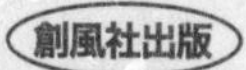

サシバの雛３羽と親鳥 （「松籟の下に」） 1983/05/30

サシバの雛 （「松籟の下に」） 1983/05/30

給餌中のオオルリ雄（「いんぐりちんぐり」）1995/06/28

抱卵中のオオルリ雌（「いんぐりちんぐり」）1995/06/11

松籟の下に

——野鳥の居る短編集ほか——

目次

【野鳥の居る短編集】

佳奈子のショウビン　7
松籟の下に　27
六千万本の忘れな草　53
イ短調な子　83
冬野の頬白　111
歩いて行く曽戸川氏　131
夜雨　143
いんぐりちんぐり　155

【随想】

イタチの踊り　170
お湯とお茶、雀はどちらが好きか　173

傷ついたキジバト 175
ヒサカキの匂う頃 179
チャンバラごっこ、戦争ごっこ 182

【四季録】

堀之内公園 188
自然保護 190
名君とお局がた 192
シナイを飼う 194
両義性 196
バード・リスニング 198
追い抜いて行く子ら 200
インプット・ミス 202
独りなり 204
非農家の農業 206
朝霧 208
モズを追いつめる 210
「アルプ」 212
檜の香り 214
彼らの地 217
すいじんこ 219
カラヤンの時代 221
声をかけてもいい地域 223
メスとオスまたは女と男 225
日米関係 227
梓橋 229
学校園 231
非常口 233
新聞少年 235
環境カウンセラー 237
茅戸の少女 239

【マスコミ時評】

編集の目的と責任　242

少子化社会対策　244

規制緩和と格差社会　246

このままで委員会　248

外来生物問題　250

氏素性　252

マスコミの仕事　254

コマーシャルと感受性　256

番組作りに良識を　258

時代の不幸　261

「松籟の下に」あとがき　264

初出一覧　268

著者略歴　269

佳奈子のショウビン

佳奈子から相談を受けたのは、十六夜の月の出を待っている時だった。龍王神社の石段、下から五段目、茂にとって特別な日々があの時から始まったのだ。

――その日の放課後のことである。

「原田、今日も成沢を送って行ってやれ」

吉松先生はこともなげに言うが、五本松の峠は気持ちのいいものではない。

「峠の首吊り松は恐ろしいかの？」

いや、その、成沢の方が……などと茂が口ごもっていると、

「中二の女の子が独りで、日の暮れた龍王さんの谷を帰ることを考えて見い」

と、この前と同じことを同じ口調で言ってダメを押し、

「今日は十六夜だ、峠を越えるころには綺麗な月も出るぞ」と先生は付け加えた。

学級委員会が長引いたのは今秋二度目である。佳奈子を家まで送って、そのまま山の方に向かい、峠越えで家に帰れば時間的にはそれほど遠回りではない。

龍王渓谷の道は。滝の音や沢の流れのさざめきが絶えることなく続き、話を交わしながら歩ける状態ではない。その上、人を黙らせる凄味すら秘めている。

薄暗くなってきた足元を気にしながら二人は歩みを早めた。渓谷の上部には車のとおる町道が通じてはいるが、徒歩では大変な遠回りになる。沢沿いの昔ながらの道を辿りながら、茂は、いま佳奈子の方は何を考えているのだろうかと思った。通い慣れた彼女の通学路であれば特に変わった感慨があるわけでもないだろう。だが茂にとっては、話に聞いている渓谷の伝説を思い起こさないわけにはいかない。蒼いというよりも黒い滝壷の龍王淵は勿論、投げ捨てられた赤子の泣き声にそっくりの響きがあるといわれる赤子淵、白骨が沈んでいるのは確実という姥捨て淵。落武者の大声がそのまま残ったのだとされる怒鳴り淵等々、それぞれに違った姿形と特徴のある音を轟かせ、それら滝壷や深淵は次々と現れるが、茂にとってはどれがどれだか分かったものではない。人間には怖いものがあった方がいい、たしか畏敬の念といったか、それに弱いものを大事にする気持ちと、美しいものを大切に思う心、これが無くなったら人間おしまいだ、と吉松先生は口ぐせのように言っている。佳奈子が弱い者かどうかは分からないが、この渓谷は畏敬の念を抱かせるには十分だ、と茂は思う。

楓の大木の下を通り、屋根付きの板橋を渡って、つづら折りの急坂を登り切れば、やっと視界が開ける。そこが佳奈子たちの住む上川の集落台地である。

ほぼ中心に龍王神社の杜、周りにはゆるやかな傾斜の田圃が広がる。山林近くには畑地が連なり農道の一部が見え隠れしている。点在する数戸の家屋には明かりが灯り、風呂の炊口なのかチロチロと炎の揺らめくのも見える。

神社の参道から右をとれば佳奈子の家は近い。その別れ道の所で、佳奈子はもう少し時間はかまわないかと茂に訊いた。少々遅くなって心配されるような茂ではない。「どこで何しよった?」ぐらいは言われるが、茂はそれに答えたためしはない。めんどくさいのだ。

二人は並んで石段に腰掛けた。「これ敷けよ」と茂が鞄をさしだしたが「バチがあたる」と佳奈子はスカートにちょっと手を当てて腰を下ろした。

その時、「よう、佳奈ちゃんか」と、通りかかった男が驚いたように声をかけてきた。

「少し遅うなる言うとってやんなはいや、茂さんと一緒じゃけん」

「おう、分かった分かった。あんまり遅うならんよう帰えんなはいよ」

のんびりした口調で言って男はゆっくり歩いて行く。

「隣の弦叔父さん……」

佳奈子が小声で言った。

台地は、鬱金色の西の空に映え、渓谷の中とは比べものにならぬ明るさだった。稲木の連なり、何処からか聞こえる水路の音、山際には仄かに白いススキ、耳を澄ませばカネタタキやコオロギたちの声も聞こえる。茂は足元の階段を見て「ここは五段目か」などと、ぼんやり考えていた。

「茂さんは、こんな話興味ないやろか」

しばらく考え込んでいた佳奈子が口を開いた。

「水利組合と森林組合はもともと仲の悪いものなんやろか」

茂は意外な話に思わず佳奈子を見た。日に焼けた横顔は大人っぽく落ちついて見え、黒い睫毛に、もう夜露が宿っているのではないかと思わせるほどの憂いがある。

「さっきの弦叔父さんな、水利組合の役員なんやけど、森林組合のやつらは何をしちょるんかいうてね」

この上の堀越池の管理責任者である弦叔父さんは、池の縁を通る林道の補修を森林組合がしっかりやらんから。土砂は流れ込むは、木切れやゴミは落ち込むわ、早よう町議会に頼んで予算を取って法面や側溝などコンクリート化せんことにゃどうにもならん、と主張しているのだそうだ。「ここから先が相談なんだけど、絶対ほかの人にはしゃべらないと約束して」と彼女は念を押した。

堀越池は、歩いて七〜八分くらいか、佳奈子の家の前の小道をとおり赤松の林を抜ければすぐの、かなり大きな農業用溜池である。たっぷりと青い水を湛え、周辺の赤松や杉、櫟や雑木の林を映して明るく空に向かってひらけている。滅多に人影を見ることのない静かな場所である。佳奈子はほとんど毎日そこに通っているのだと言った。

彼女は一冊のノートを鞄の中から取り出した。表紙に『しょうびん日誌』とある。思わず「しょうびん？」と茂は訊いた。

「カワセミの仲間の鳥のこと、大きさは大体ハトくらい。初めて見た時、ばあちゃんにきいたら《しょうびん》という鳥で、ずっと昔からあの池には、ひとつがいが棲んどるんじゃ言いなはった。いろいろ調べて見たら、《かのこしょうびん》といって標準和名ではヤマセミのことじゃった」

「ひょうじゅんわめい？　そんなこと何処で調べたん？」

茂の声がつい大きくなる。

「京都」と佳奈子。

「わかった！」茂は急いで続け「立ち読み！」

いささか断定してしまって、これは独断だったかとややたじろいだ。修学旅行の京都で「一番大きな書店、書店」と騒いでいた彼女を思い出したのである、

「すっごくごつい専門書があってね、悪いとは思ったけど。何万円もするんよ、とてもとても。でも小さい図鑑は買うて帰ったけんね」

と、佳奈子は楽しそうに応えた。

学校に行く前や日曜日、春夏は学校から帰った時も、よほど悪天でないかぎり池に通って、ヤマセミと友達になったという。崩落した赤土の崖の巣穴も見つけた。今年の七月、そこから巣立つ子供たちも観察した、それらの記録がこのノートなのだ。もちろんカワセミとカイツブリも、それぞれひとつがいが棲んでいるので記録はしているという。

ところが、この林道が弦叔父さんの言うように、近々大々的に改修されるらしい。「県の補助が出る機会を逃したら、町の財政では、無理だ、ここ一、二年がヤマか」と佳奈子の父と話していたらしい。ヤマセミの営巣地は壊され、今後どこに巣穴を掘るのか、付近を調べたところでは適地がない。めったに車の通ることもないこの林道など現状のままにおけないものか。便利な道路がないから人も来なくてヤマセミが棲んでいられるのに、どうしたらいいだろう、というのが佳奈子の悩み事だった。それにヤマセミの営巣のことは誰にも明かしたくない、面白半分に壊されるのがオチだから、茂さんもどんな仲のいい友達にも絶対話さないように、という厳重な約束付きであった。

いきなりいい思いつきが出るわけでもない茂にとって、佳奈子がそんな立派な観察記録を続けていることのほうが驚きだった。またそんな鳥を見たこともない自分が非常に子供っぽく感じられ、微かな焦りのようなものを覚えた。

「おれにそのカナコショウビンとかいう鳥、見せてくれるわけにはいかんのかのぅ」

と茂は至極単純な要求を口走った。

「カナコショウビンじゃないカノコショウビンなんよ」

「あ、そうか、カノコじゃったか……」

「おなかのところは白いけど。体全体が白と黒の鹿の子斑になっているんでカノコ、ショウビンはカワセミの仲間ちゅうこと。おぼえとって。勿論、顔合わせはしてもらう」

佳奈子がますます大人っぽく見える。

「その、巣作っちょるとこだけ避けて工事するわけにいかんのかい？」

と茂は言ってから、しまった。いかにも子供だましのような思いつきか、ヤマセミの生活を知らないで対策もないいな、と自問した。

「やっぱりね。先ずショウビンさんとつき合ってもらってからにしようっと……」

佳奈子は少し落胆したような顔をした。

「あっ、出た！」

突然、茂は大袈裟に叫んだ。正面の濃い藍色の稜線の一点に、一かけらの金属のような月が現れた。

「ほんと」

佳奈子の語調が優しい響きに変わる。月の表情のわずかずつの、しかし意外と力強い動きを二人は黙って見つめた。

「お父さんに少し、そのこと話してみたんやけど、結局は、そう神経質になってたらそこらの雑草も刈れんようになるぞ、この世は弱いものを犠牲にして強いものが生きとるんじゃけん。気にしよったらどうにもならん。心配せんでも、うまくやるもんじゃ、てな調子でね。単純に弱肉強食ってこと。今の大人に生態系の話してもね……」

「セイタイケイ……？」

またもや茂は焦る。

「一言でいうと生物どうしの繋がりのこと」

左下が僅かにおぼろげな十六夜の月は、辺りの風景を明らかに見せるわけでもなく、一方見分けにくくするのでもなく微妙な感覚のたゆたう空間を二人の前に拡げていた。

その時、山手から突風が吹き下ろしてきた。気まぐれな波のように何度も。

「茂さん、寒うない？」

石段近くに咲き並んだコスモスの一群が、一斉にその身をなびかせた。茂は、初めて目にする月光の中のコスモスの体全体を揺する動きに目を見張った。幻にも似た花の一群が激しく身を打ち振って、あたかも何かの感情を訴えているかのようだ。茂は、佳奈子とふたり、いまこうして不思議議な世界に迷い込んでいるような気がするのだった。

約束の朝、佳奈子はすでに堀越池で待っていた。教えられた巣穴は林道脇の崩落した崖の上部に、直径十センチはあろうかと思われる黒い入り口を見せていた。

谷の林の奥から「クェッ、クェッ」と茂には聞きなれない、しかしどこかで聞いたこともあるような声が流れてきた。佳奈子は、まだ遠いけどあれがヤマセミだと言った。

佳奈子に案内された水面に近い平たい岩の上に腰を下ろして待つ。四十メートルほど向こうの同じような岩の上に突然彼はやって来た。直線的にすっと飛んできた姿を見た時、茂は白いハトじゃないかと思った。しかし岩上の姿は、すっきりとした白と黒、明快でシックな模様というほかない。佳奈子が双眼鏡を渡してくれる。視野の中のヤマセミの姿、なんと大きく真っ黒な瞳か。双眼鏡の視野の内に、その目はじっと水面を凝視している。ときどき尻尾をゆっくり上下させる。

「胸の所をよく見て。少し褐色の模様があるの判る？　あれが雄のしるし、雌は翼の下がその色……」

佳奈子がいうとおりだ。その時、頭部の羽が一斉に突っ立ってギザギザになった。

茂は、頓狂な声をもらした。

「ありゃ、ありゃ」

「あれは冠羽といって、よくやることよ、次の瞬間よく見てて」

佳奈子が言った途端、視野から彼がいなくなった。あわてて双眼鏡を目から離す。彼は池の上の空中に浮きあがって、はばたいたまま停止していた。

「あれれれ」

茂はまた驚く。こんな飛び方をするなんて……とその瞬間、ヤマセミは垂直に水中へ突つ込んだ。すぐにばさばさっと水面が乱れ彼が現れた。元の岩に戻るまでにどれほどの時間だったろう。茂は呼吸を止めたままだったと思った。ヤマセミは、くわえた魚をしきりに岩に打ちつける。銀鱗の輝きと、はじけ飛ぶ水滴が光る。

「うまいうまい。お上手だこと」

佳奈子がかなり大きな声でヤマセミに向かって言った。

「ほんとに話するんか？」

茂は驚きの連続だ。

「うん、まーね。解っちょるかどうか分からんけど、友達になる大事なコツ」

佳奈子の説明によれば、初めは要領が分からず遠くからでもさっさと逃げられてしまったが、とにかく度々、それも自分の用事を持って、という形でここに来ること。わたしは本を持って来てよく読んだ。お互いの立場を尊重し合って、一緒にここにこうしていつもいるんだから、という関係。服装も出来れば同じものがいい、その点、制服は便利なものね。そして何よりも友達として話しかけること、その気分が通じればいいのだから。それに何となく向こうの気持ちも分かるような気がしてくるから、その辺がすごく楽しい。おなかが空いてるんだとか、イライラしてる、邪魔してほしくない、今日はのんびりしてっていいよとかね、大体は当たっていると思うよ、というような話を、佳奈子は生き生きと語ってくれた。

なるほどそんな世界があったのか、茂は「自分も同じ動物だって感覚か」と、思いついたことをつぶやいた。

「そう！　それが一番。動物的感覚いうんかなぁ、なんか、のうなっとったもんが戻って来るみたいな気分がするんよ、このあたりのもの全部が、こう、自分の命の奥の方と一緒になっちょるような……」

佳奈子のうれしそうな声に茂は、

「この岩がカナコ岩。向こうがカノコ岩か、おれが命名者だ」

などとおどけて見せた。

「それが一種の《住み分け》というものなんよ。生きて行く上でお互い一番大事なこと……」

またもや佳奈子は難しいことを言った。ヤマセミから彼女が学んだことは随分と多いのだろう。茂は、同級生の生き方そのものを改めて見直す思いであった。

佳奈子の許可が出て、茂はいつでも自由にヤマセミに会いに来ていいことになった。朝の登校前なら佳奈子とカノコがそこにいることになる。茂は、かなりしばしば五本松の峠越えで登校するようになった。仲のいい正昭がときどきいぶかって訊いてくる時、話してしまいたい衝動を抑えるのに苦労した。

冬の日であっても天気さえよければ、枯れた萱の群落の中の日溜りで、ヤマセミや時々横切っていくカワセミ、退屈な時にはカイツブリ、あるいは時折気まぐれに飛来する大きなアオサギ、そしてコサギとかゴイサギとかを眺めた。そのほかの小さな野鳥を含めれば佳奈子から借りた図鑑を手に結構忙しいのである。しかしそれは茂にとって、自然とともにゆったりと脈打つ豊穣の時間であった。

その後、林道の改修工事については測量者が入った気配もなく、話題も聞かなかった。ただ、町の広報紙の議会の報告や予算内容、事業計画などすみずみまで気をつけて読むようになった。堀越林道のことはまだ何も載ってはいなかった。

三月になるとヤマセミの雄雌の動きが活発になった。鳴き声も「キャラララ。キャラララ」とか「ケケケケ」と慌ただしくなった。近くを通る誰かに気付かれるのではないかと心配されるほどの賑やかさが、しばらく池の周辺にみなぎっていた。いつもよく止まっている大きな櫟の木の横枝では雌の上に雄が乗りかかることが多くなった。明らかに交尾である。ある霧の朝、佳奈子と一緒に見ているときも彼らは遠慮しなかった。

淡い水色の霧の中で、それは美しく夢のようですらあった。ふたりの間に長い沈黙の時間が残った。

四月。雌雄は巣穴掘りを始めた。去年の古巣の右側二メートルほど寄りに、新しいものを作りたいらしい。黒い嘴を真っ直ぐにして体全体で赤土の崖に突進して行った。カナコ岩からでは近すぎるので、向こう岸の櫟林の下に移動して観察した。やがて穴の縁に止まれるようになると、丁寧に嘴で土をほじり、かき落としたり、少しずつくわえて捨てたりを繰り返した。穴の中に入って行ける深さになったのだろう、二羽は交互に土くれをくわえ捨てに行った。作業は一ヵ月近く続いた。一メートル以上の深さが必要なのだと佳奈子は言う。五月の半ば、雄の姿しか見かけなくなった。抱卵に入ったらしい。

梅雨の間、茂の峠越え通学も滞りがちだった。その頃、佳奈子から、ヒナが生まれたらしいと報せがあった。長いエスロンパイプを持ち出し、親のいない間に穴の口に当てて耳をすませれば「チチチチ」と微かな声が聞こえるという。巣穴への餌運びが、雌雄ともに頻繁になっていた。

夏休みに入った暑い日、茂はミンミンゼミのやかましいカナコ岩に座っていた。なにげなく池の奥の方を見た時、深緑の水面に白いものが動いていた。それはやがて激しく水しぶきを上げはじめた。カイツブリか？　とも思ったが、どうも様子がおかしい。はるかに大袈裟にバサッバサッと水を打つ。翼の一つが大きく立ち上がったとき、白と黒の斑がはっきり見えた。ヤマセミだ！　ヤマセミが溺れているのか。

茂はいきなり林道に走り出た。走りながら、潜水の名手のヤマセミが溺れるなんて、と頭の隅で考えた。とすればなにかに襲われているのか……。水面はますます激しく飛沫が上がっていた。林道を下り草地を走る。茂は走りながらシャツを脱いだ。ズボンを脱ぎ、足から走り込みながら抜き手で泳いだ。場所により水温の差が極端だ。冷水が帯のようにくねっているのが分かる。たびたび心臓がキュッと縮まる。池で泳ぐな、といわれたのはこのせいだ、などと考える余裕はあった。ヤマセミを抱え込むと、横泳ぎで岸に向かう。浅くなったあたりで、下は随分ドブだな、とも思った。岸に上がるとヤマセミは思ったより重かった。ぐったりとして大きな暗褐色の瞳で茂を見ている。体が、というよりも羽や尾羽がかなりいびつに乱れ、ゆがんでいる。よく見るとテグスがヤマセミの体中に巻きついていた。ヤマセミの体温が異常に高い。かがみ込んでテグスを外そうとするが岸辺の枝まで繋がっていてどうにもならない。ヤマセミもバタバタし始める。茂は自分の体に巻き付けるように回転して、テグスを枝から外した。そして裸足のままヤマセミを抱え走り出した。

「死ぬなよ。死ぬなよ」と茂は口に出しながら走った。「もうちょっとだからな、カナコのカノコ、カノコのカナコ」と、あわてて混乱してはいるが、しっかり呼びかけながら走った。

佳奈子とその母、そして弟の信一が、まず茂の異様な姿に驚いた。首から下は泥や藻などでまんだらだ。しかし事態の緊急性を飲み込むと佳奈子はもう鋏を持ち出していた。かなり古いテグスのようだ。鳥の体の、長短剛柔複雑な羽のありさまを思い知った。三人がかりでやれば突然事態は好転するものだ。ヤマセミはすばやくすっきりと端正な姿勢を取り戻した。茂が「この鳥、熱があるぞ、随分熱い、病気じゃないか」と心配した。佳奈子は胸のあたりに手を入れて探る。

「こんなもんと思う。鳥は四十度以上の体温と書いてあった」

彼女はヤマセミの体のあちこちを調べながら、

「怪我も特にないようじゃけん、よかった、早よ飛ばそ。ほんでも可愛い目しちょるねーあんたは。それに模様の綺麗なこと。これ見て羽の裏の茶褐色、あんた、お母さんの方ね、早う、子供の所へ帰ってね」

と、まったく友達どうしの話し方だ。

ヤマセミは「キャラッ、キャラッ」と鳴いて一直線に池の方角へ飛び去った。

あれだけ元気なら大丈夫だ。次に注目されたのは茂だ。パンツ一つの汚れた恰好は、皆の笑いを誘うのに十分だった。庭の井戸水は、あまりにも冷たい。信一が運んでくれる湯沸器のお湯でうめながら、井戸端のアオキの株に隠れるようにして洗う。最後は風呂場で仕上げ。信一がいろいろと気をつかってめんどうを見てくれた。ズボンなどを池まで取りに行ったのも彼だ。佳奈子の母は「お父さんのものやけど新品じゃけん、はきなはるか」とパンツを出してくれた。そのとき茂は左手の薬指から血が流れているのに気づいた。

「テグスに、錆びた釣り針がついちょったよ」

と信一が教えてくれた。佳奈子は手当をしながら言った。

「破傷風の予防注射、しちょったかなあ、わたしら」

「三種混合、あんたたちはしっかりやりました」

真っ赤なスイカを盆に載せて運びながら母親が答えた。

「あの池で釣りなんかする人、おんなはろか」

佳奈子の問いに母は「子供じゃないの」という。とたんに佳奈子は信一の方を睨んだ。

「おらぁ知らんぜ、あんな大きな池、ひとりじゃ寄りつけん」

信一は答えながら。それほど怖そうなふうでもない。

「ひとりとは限らんのじゃ、釣りは」

スイカを頬張る佳奈子の声は、明るかった。

中学を卒業して、ふたりはそれぞれ別の高校に入った。その年は二人で、雛が五羽巣立って行くのを見た。「この町が好き」と言って高校時代、地元に残った佳奈子からは、ときどき葉書で『かなこのかのこニュース』が届いた。しかしある年のこと、林道が改修され、崖の斜面はコンクリートが吹きつけられてしまった。ヤマセミが何処へ行ったのか捜している、という便りが最後になった。その後、茂は東京に出て就職、めったに故郷に帰ることがなかった。

それから四十年近くが過ぎた。茂も退職後のことを考えなければならない年になった。東京は年寄りの住める所じゃない。かと言って随分前から身寄りのほとんど無くなった田舎にいまさら帰れるものかどうか。今一度、考えをまとめるためにも、茂は急かされるように飛行機、列車、そしてバスと乗り継いで来たのだった。

正昭から聞いてはいたものの、これほどの変わりようとは……茂は上川の台地のはずれに立って。何度も何度も溜め息を洩らした。

五本松の峠の真下をトンネルが貫き、そこから吐き出された高速自動車道が、佳奈子の家と堀越池の間を通り、龍王渓谷を斜めに跨ぎ、遥かむこう斜面の山腹のトンネルに突っ込んでいた。

これは、いきなり現れた八岐大蛇ではないか。その背面を蟻の如き大小無数の金属の箱が唸りを挙げ走り来たり走り去って行く。

茂は瞼を閉じた。あそこにはウグイスが周年棲んでいた笹薮があった。澄んだ流れの淀みのところにハヤやササドジョウが明るい陽光を浴びていた。カジカの声はいつも涼やかだった。あのあたり櫟林の天辺でホオジロが囀っていた。野道を行けばスズムシやマツムシ、そのほか沢山の虫の声があった。赤松の林にはサシバが巣を架けていた。ヒサカキの花の甘い香りのする小道が通じていた。なによりもあの池にカノコショウビン、そしてあの家に佳奈子がいた——いま目を開けば、それらは全て夢の如くに消え去っている。

正昭から聞いた話では、佳奈子の家は高速道路から僅かに外れていたため、防音工事などの対策はとられたものの、ひどい状態だったらしい。夫と死別して婚家から帰っていた佳奈子は、十年ほど前から消息不明という。

スイカを頬張ったあの明るかった一日は、まるで夢のようだ。

堀越池に行く気には毛頭なれない。茂は、正昭の言葉を思い起こしていた。

——お寺の由里ちゃんなら確か、知っちょると思うけんど、佳奈ちゃんと一番仲が良かったけんの……。

松籟（しょうらい）の下（もと）に

みかん山の斜面に花の香りが満ちていた。五月の朝の風は気まぐれだ。紗杜子の全身に鋭く花の生気を送ってくるかと思えば、時にはしめやかな陶酔に埋もれさせるかのようにしのび寄ってくる。昨夜の雨に洗われたオオイヌノフグリが、瑠璃色の花弁を一斉に開いていた。花の一つにそっと触れると、たわいなくポロリと落ちて紗杜子をほんの少し驚かせる。オオイヌノフグリ——紗杜子には、幼い頃からの特別の花である。それはいつもM伯母を思い起こさせる。

伯母がこの花の名前を教えてくれたとき紗杜子は小学生だった。「フグリ」とは、よく分からない部分であったが、学名の「ヴェロニカ・ペルシカ」は理解出来た。キリストが刑場に引かれて行く時、その額の汗を拭った優しい少女の名がヴェロニカ、で「ペルシカ」はペルシャの、という意味であった。

その時伯母はこんなことをつけ加えた。さっちゃんのような器量良しは気をつけないとね、周りからちやほやされてお姫様になってしまうからね。女の子は顔も大事だけれど、長い一生には心の優しさや思いやり、難しく言えばひとの気持ちの分かる想像力というもの、それが一番大切なの。生まれつきの性格もあるから簡単ではないけれど、いつも心がけていることが肝心、ほんとにさっちゃんの笑顔は可愛いからね。どうかヴェロニカのように優しい子にね、と。

そののち、紗杜子はこんな西洋の諺を知った——女性を一度でも褒めようものなら、悪魔が百万遍彼女の耳元で囁いてくれる——。

二十代の半ばになった今も、紗杜子の笑顔はお客様から褒められる。雨あがりの朝のようにさわやかだ、と言ってくれた人もいる。一緒に記念写真をと求められるのは、よくあることだ。紗杜子は「ヴェロニカ・ペルシカ、ヴェロニカ・ペルシカ」と呪文のように唱えて伯母の忠告を思い起こす。そのこと自体、百万遍のうちなのだとは思いながら。この花の咲く季節、春先になって出会うたび心が引き締まる。いつまでもそれにとらわれている自分自身に批判の眼を向けることもないではないが、身の回りに起こることはおよそ、伯母の言ったとおりであった。

その花の絨毯の真っただ中に立って、優しさや思いやりを巡って紗杜子には今ためらっていることがあった。

それはつい先日、五月十二日のこと。紗杜子たちの従業員宿舎の五階の窓からは正面に横手山が見える。尾根の左側の斜面が小さいながらもV字型に切れ込み、奥の方に連なっている梅ケ谷、そこに紗杜子の一番好きな散歩コースがある。谷の入り口まではバイク。小さな農業用の、半分以上アシに占領された溜池のそばから、流れの音を聞きながら歩き始める。

その日もサシバの鳴き声が響いていた。梅林のそばに来て間もなく、彼は頭上に現れ紗杜子を監視するかのように旋回した。タカ類にしては頑丈な感じがいま一つ足りない、淡く日に透ける薄茶色の羽を真っ直ぐに開き、ときどき軽くはばたきながら風に乗っている。そして「ピックィー」とよくとおる鳴き声を繰り返す。その度に斜面の林の奥の方から「ピックィー」と声が返ってくる。それはいつも決まった方角からなので紗杜子にはすぐに分かった。あれは雌の声、きっとあのあたり、巣の中で卵を暖めているのだと。

電力会社の鉄塔順視路をたどり尾根に上がる。眺めを楽しんだあと、ふと思いついて尾根の踏み跡をたよりに下ることにした。コシダの中に続いていた僅かな踏み跡はすぐに消えた。傾斜が急になるにつれ、背丈ほどにも伸びたウラジロの中に入り込んでしまった。こんな気ままなことも、ときにはいいだろう、谷の道もそう遠くはないはず、うまくコースを選びさえすればそれも楽しみの一つ、と思っていた時、突然、近くで「ピックィー」と大きな声がした。ウラジロの中にヒサカキなど低い雑木が疎らに生えた赤松の林。紗杜子が真っ直ぐに見た目の高さの位置に巣があった。急斜面の下から立ち上がっている大きな赤松の上部である。

枝の分岐に枯れ枝などを使って直径一メートル近く、枝葉や幹に隠れて決して見やすい位置ではないが、その固まりは紛れもなく、初めて見るサシバの巣だった。双眼鏡で覗いた紗杜子の目と、巣の中に座っているサシバの目とがいきなりぶつかった。キッとこちらを見つめる目に紗杜子はたじろいだ。早く立ち去らなければ、と頭の隅では考えながら、なおしっかりと双眼鏡で見つめた。深く黒い瞳孔、真黄色の虹彩、眼光は鋭いが、威嚇的なものは感じられない。むしろ憐憫の情を帯びた優しささえ覚える。嘴の橙色がかった黄色、先端の黒、眼の上の白い眉斑、それらを見定めると、紗杜子は大急ぎで斜面を左へ左へととりながらその場を逃れた。サルトリイバラやわけのわからぬトゲの類いにひっかかれるたび「痛いよー、痛いよー」と小声で呟きながら。

その日から一週間、紗杜子は迷っていた。サシバの子育てを見てみたい。しかし最も人を恐れ用心深い猛禽類の営巣にとって、それがいかに迷惑なことか、考えなくても分かっている。伯母の言ったことを思い起こせば、自分中心の好奇心などは抑えるべきことか。思いやりと優しさ、その大事なものが今、わたしの決断のうちにある。

すぐ右後ろ、シキミの木の天辺ではホオジロが繰り返し囀っていた。ウグイスの声の合間に「ケンケーン」とキジが甲高い雄叫びをあげる。どこかの畑で草刈りをしているのだろう、モーターの回転音に時々「チャリン、チャリン」と小石を跳ねる音が混じる。松林の近くではシジュウカラが「ツピーツピーツピー」と懸命な領域宣言。沢山のハナアブやミツバチの羽音も間近に聞こえる。シジミチョウの幾つか、きらきらと陽光をはねかえしながら飛び回っている――全ては今、自然のままに健全だ。紗杜子自身、今年の秋の拓郎との結婚を決めたばかり。短大の頃からの交際は五年に近い。式の日どりが決まってから二人の関係は急速に深まっていた。生命の誕生する瞬間かも知れないその〝儀式〟を、できるだけ厳粛に迎えたいものと紗杜子は思っていた。

しかし目まぐるしく忙しい時代が、なぜかけじめを失わせる。二人の間にいつ子供が出来てもおかしくはない。結婚すればおそらく会社は辞めざるをえないだろう。バスガイドの仕事は続けられない。縁故を頼って事務の方に転身する同僚もいるが私にはその伝手もない。多分、そう遠くない日に自分はお母さんになる。とすればやはり、サシバの育児を見てみたい。迷惑だろうがこの一度だけ、今回だけ許してもらうことにしよう――迷った末の紗杜子の結論だった。

五月二十日、出来るだけ遠くから双眼鏡で巣を見る。親鳥はじっと抱卵している。つがいの鳴き交わす声が谷間に響く。

五月二十七日、木漏れ日の鉄塔巡視路をたどる。木々の若葉はすっかり深緑色を帯び、互いの明度の違いを交差させながらまばゆく光る。その中に点々と朱赤色の花をつけているのはヤマツツジ。今が盛り、生気に満ちて瑞々しい。日差しも随分強くなった。日当たりのいい場所では地衣類の匂いが熱気と一緒にはねかえっている。木陰に入れば爽やかな風が紗杜子の髪を撫でて行く。

双眼鏡でのぞいた巣に親鳥がいない。紗杜子は急いで、しかし慎重に赤松の急斜面に近づく。巣の中に二羽のヒナがいた。ぼわぼわの真っ白な産毛、まるでピンポン玉に真綿をまぶしたような感じ。目と嘴の部分が黒く、他は真っ白の小さな命二つ、巣の中でぎこちなく動いていた。「生まれたのだ、生まれたのだ」と呟きながら紗杜子は帰ってきた。

五月三十日、紗杜子は遠慮なく休暇をとった。会社の更衣室で昨日、孝子が、この頃どうしたのかと尋ねた。サシバの子育て見せてもらっている、とその場所と様子を小声で話した。自然が大好きという孝子は、最近岩登りを始めたという。真剣に興味深げに紗杜子の話を聞いていた。

今日、紗杜子が用意してきたもの。大きな風呂敷を幾つかつないだほどの、ブラインドにする迷彩色の布、洗濯ばさみ数個、望遠鏡と三脚、水筒、おやつ、敷物、それらを入れたデイパック。親鳥の留守中に急いでシダの茂みにセットし潜りこむ。

沢筋を吹き上げる風が涼しく意外と快適な隠れ家だ。何故だか藪蚊もいない。巣の位置から約二十メートル、二十倍の望遠鏡はヒナの姿を手の届くほどの近さに見せてくれる。ヒナは三羽に増えていた。一羽だけは明らかに小さく、後れて生まれて来たことが分かる。親が給餌に帰ってくる間隔は約一時間、父親か母親か区別はつかない。おそらく双方交代だろう。近くまで来て、一度「ピックィー」と鳴いてから巣に入る。バッタ等の昆虫類、カエル、トカゲや小さなヘビなどが運ばれてきた。奪い合いで暫くは巣の上は大変な混乱だ。小さな一羽はどう見ても不利、うまく育つものかどうか。

六月九日、今日も紗杜子は松林をたずねた。昨日、北陸を回るツアーの添乗から帰ったばかり。今度の乗務はいつもより随分と疲れた。というのも、途中までは機嫌が良かったが急に紗杜子に辛く当たりはじめた老夫婦がいた。運転手のSさんによれば、最近ときどきお洩らしのある奥さんのための紙おむつが途中で足りなくなり、買物に行く機会もなく、それを言い出せなくて面白くなかったらしい。また、どこのホテルの前だったろう、ちょっとつまずかれたお年寄りに、思わず「危ないですよ」と声をかけたところ「いらんこと言うな！　年とったらだれでもこうなるんじゃ」と叱られてしまった。そのあとのお客様も「足元、気をつけて下さい」と申し上げれば「危ないと思うのなら手でもすけたらどうだ、この頃の若い者は口先だけで実がともなわん」と言われた。車中では和倉温泉の食事もサービスもなっとらんと聞こえよがしに話す人がいた。Sさんはこんなことを言った。「繁殖能力のなくなった者は、この世のお荷物になるのかねぇ、ひがみっぽくなって、年寄りに知恵無く、若者に教わる心なし、この国は滅ぶべし」と。

しかしお客様の中にはこんな人もいた。一人の白髪の男性、なにかと気をつかって手助けをしていただいた。邪魔にならない程度の、その気配りのうまさは特殊な才能のようにも思えた。Sさんによれば、あるお役所の所長を辞められたばかり、なにか人に尽くしたくてと言われたそうだ。今までのエリートコースの座りごこちは悪くはなかったが、ちやほやされるばかりの椅子では、どこか心治まらぬ日々だったのだと。最近のバスガイドの仕事に、紗杜子は疑問を抱き始めていた。名所の歴史や紹介などは車内の大型ビデオ画面の方が行き届いているし、カラオケ愛好者に占領されればまるで宴会場だ。市内の定期観光バスだけがガイドの生き残り場所か。

添乗はもう、若くて体力のあるアルバイターにまかせるべきだとの声も強い。会社の方針もそれで固まっているようだ。その会社自体、最近のお客様の多様な要求や価値観に振り回されて、さらには代理店間の競争も加わってますます対応に苦慮している。紗杜子たちはおそらく使い捨てになるのだろう。あれやこれやで疲れが残りやすくなった。まだまだ体力には自信のある若さなのに。今朝はうとうとしながらしばらく寝床にいたかった。ところがサシバの赤ちゃんを思い浮かべただけで紗杜子の気力は生き返る。

親鳥の給餌はやはり一時間置きくらい。ヒナは随分大きくなった。黒褐色の縦縞が全身に広がり、釣型の嘴が精悍さを感じさせる。ブラインドの中から紗杜子が頭をのぞかせると、大きな二羽はさっと巣の中に身をかがめるが、一番小さな子は珍しいものでも見るかのようにキョトンとこちらを向いている。紗杜子はおどけて「こんにちはー」などと言って手を振ってみせる。するとよけい伸び上がって見ているのだった。

エサが運ばれてくる一時間の間はかなり長い。それほど遠くへ行かなければ獲物が捕れない状況なのか、それとも別の事情があるのか……などと紗杜子が考えていると「ピックィー」と声がした。よく聞くとそれは「サ・ト・コー」と言っているではないか。変な話だと思う間もなく、目の前にバサバサッとサシバがやってきた。

「さぁ、これを」と言って突き出したのは一匹のシマヘビ、まるで魚の鱗のようにてかてか光っている。たじろぐ紗杜子にさらに驚くことが起こった。シマヘビがウインクをして「どうぞどうぞ、おいしいですぞ」と言ったのである。「おいしいったってわたし、そんなもの食べたことありません」と懸命に拒否すれば「なにをおっしゃる、いつもいつも食べておられるではござんせんか」という。「そうですとも」とまた別の声がして現れたのは、紫色の鱗を持ったカナヘビ、しかもそれはシマヘビの口の中から出てきたのだ。「お嬢さん、贅沢を言っては困りまする」などと言いながらこれもウインクをして「俺なんか毎日毎日、虫を捜して百二十五万六千三百二十六匹食べてこの体が出来たのですぞ」と肩をいからせた。

次いでカナヘビの口の中からはカニムシ。トビムシ。ダンゴムシなど「みんな滋養たっぷりではないですか」と、にこにこ顔でウインクするのだ。その上ぞろぞろと行列で出てきたのは土中のダニたち。それらは実にさまざまなスタイルをしている。その華麗な姿に紗杜子は目を見張った。鉄仮面を身にまとったような者、宇宙人に似たものから怪獣の見本かと思わせるもの、伊勢海老よりももっとおいしそうな者、精密画のように魅惑的なもの、「もっともっといるんですぜ」と勇んで言う。さらにアメーバやウイルスまで「数にすれば何億、何兆ですぜ、こうしてみんなでシマヘビさんに献身して来たんです。不味いなどとは言わせませんぞ。この頃、人間さまは少々わがままなんじゃありませんか」と大分脅迫的になってきた。そして「いっそ、あなたが昨日食べたもの、勢ぞろいして見せましょか。牛から始めますか、鶏がよかったですかね、それとも……」などと迫ってくる。「いいです、いいです。食べます食べます」と苦しまぎれに答えながら、なんだかこれは、どこかで出会った光景にも思えるのだった。そうだ、この間ＯＳ博物館で勉強してきたことと同じではないか。紗杜子が抗議の口を開こうとした時、シマヘビはガサガサッと大きな音をたてて身を翻し、消えてしまった。目を開けると紗杜子の頬のすぐ横に巨大な怪獣！　わっと言わんばかりに跳ね起きる。それは一匹のトカゲだった。至近距離で見ると凄いんだ。紗杜子は大きく溜め息をついた。

ブラインドの中でどのくらいまどろんでいたのだろう。巣の上を見れば三羽は確かにヘビを奪い合っていた。その時、斜面の上の方から落ち葉を踏む音が聞こえて来た。みしりみしりと近づいて来る。これは夢ではないのだ、と自分に言い聞かせる。ときどきピシリと小枝を踏み折りながらやって来る。正体を推し量ろうと耳をそばだてたとき、足音が止んだ。向こうもこちらを窺っている。沈黙がつづく。と突然に「ドドドドドド……」とあたりを揺るがす音を響かせ、大きな鳥が林の中を飛び下って行った。「やはり鳥だった」と安堵したその時、また足音だ。バリッバリリとさらに大きい。明らかに二本足と分かる。誰か来た。人間だとすればブラインドの中に潜んでいれば気づかずに通り過ぎることは多い。ぐっと息をひそめる。足音か止まった。微かな声が聞こえる——「サ・ト・コ」。まさか夢の続きでもなかろう。やはり「サ・ト・コ」とかすかに呼ぶ。「だれ？」出来るだけ明るく応えてみた。「わたし、わたし」と、現れたのは孝子ではないか。

「わるかったかな、いまの鳥、飛ばしてしまったよう……」

「孝子だったのか……。あれはキジかヤマドリでしょ、サシバはあそこ。でもここがよくわかったねえ」

この前の話だけで山登り好きには十分見当がつく。その上あれだけウラジロを踏み分けていれば道案内しているようなものだと孝子は言う。

「何回も通ったものだから、まずいね、わたしの不注意」と紗杜子は小さく舌を出した。代わるがわる望遠鏡をのぞいて三羽のヒナを見た。そのうちに名前をつけなければ不便だということが分かった。一番小さいヒナが小さい子で《チコちゃん》、次は真ん中だから《ナカ君》、一番大きい子は勝手に女の子として《お姉さん》、とすんなり決まった。

「名前つけるって、いい気分だね」

と孝子。なるほど、そんな機会はめったにないことだ。自分たちの赤ちゃんには、はたしてどんな命名をするのだろう。紗杜子は拓郎との挙式の日どりを打ち明けた。

「そう。おめでとう。とうとう決めたのね」

と言いながら孝子はデイパックの中から包を取り出して「はい、差し入れ」と渡す。

「わあ！　おむすびじゃない、ありがとう。孝子はほんとに優しいねえ」

「お世辞は無用。おむすびに缶コーヒーでは変な取り合わせだけどね」

ブラインドの陰で、巣の方を気にしながらおむすびを食べる。これがシマヘビでなくてよかった、と紗杜子は思いながら、夢の余韻の残る頭の中を反芻していた。――沢山の生き物が出てきた。かなり脅かされたような気がする。しかしこうして孝子が傍にいると、それだけでうれしい。

「渓流釣りはあれからも付いて行ってるの」

と、ひそひそ声で孝子が聞いた。

「二回だけかな、苦手なのよ」

拓郎は谷の奥深く遡行するのが好きだった。岩を攀じ登り、流れを飛び越え、滝を巻いて、それだけ元気だとはいえるが、も少し落ち着けないものか、紗杜子には体力的にきつかった。その上、一日中、頭の中に水音が渦をまいて、まさしくホワイトノイズそのもの、真っ白く痺れたような体で夕暮れを迎える。慣れないせいもあるだろうが、かなり苦痛なのだ。

「もっと静かな趣味かと思ってた。谷の水のおしゃべりってすごいよ」

紗杜子はそう言いながらも、オオルリやアカショウビンに出会えるのは悪くはないなあ、とも思った。

「一緒になったら、どちらさんに引っ張られるのかねぇ、おふたりとも個性豊かだから」と孝子。

「そのうえ我も強いから、と付け加えたいとこでしょ」と言いながら望遠鏡をのぞいていた紗杜子が「ちょっと見て」と孝子に譲る。

視野の中ではチコちゃんがすぐ横の松の幹を見つめていた。その頭が次第に上向きになり、ひっくり返りそうになる。それを繰り返している。松の幹を這い上がるアリを熱心に見ているのだ。

「あははは」と孝子「なに思って見てるんだろうね、世の中、珍しいことばかりなんだ」

紗杜子は急に「ちょっと挨拶してみない」と言った。

孝子がいぶかる間もなく、ブラインドから顔を出して、紗杜子は巣に向かって小さく手を振った。途端にお姉さんとナカ君は姿勢をかがめて巣の中に隠れる。チコちゃんひとり、伸び上がるようにしてこちらを見る。

「あの子とは顔なじみになってしまったの」と紗杜子。

「こんな場合、どちらが正常なのかしら」と孝子が聞く。

「むずかしい問題なのよね、親しみのあるのがいいのか、憎らしいようなのが本当なのか、優しい子だからって生きやすいとは限らないしね」


六月十四日、宿舎の孝子の部屋をのぞいて誘う。今日は眠いのよー、と言って出てこない。梅雨の中休み、こんないい天気なんだからと紗杜子は松林にやって来た。やはり給餌の間隔は一時間近く、朝早く来てからでもまだ二回。育ち盛りに大丈夫かと思う。ツバメなどの子育てに比べれば随分と鷹揚なものだ。

三回目の獲物は大きなカエルのようだった。親の去ったあとチコちゃんとナカ君がエサを奪い合った。チコちゃんなかなか優勢、ぐんぐん後ずさりして引っぱって行く。ナカ君の首が延びきった時いきなり放したのだろうか、チコちゃんは弾かれたように転がった、と同時に望遠鏡の視野から消えた。あわてて三脚のレバーを緩める。視野を移動し巣の上を調べる。いない。双眼鏡で捜す。やはりいない。鼓動が喉のあたりを突き上げる。チコちゃんが落ちた。頭の中が膨張する。あわてないあわてない、冷静に一つずつ考えなければ……。

親鳥が帰ってきても、おそらく助け上げることは出来ないだろう。チコちゃんがエサを捕れるはずもない。怪我をしているかも知れない。何かに襲われる可能性もある。紗杜子はブラインドから飛び出した。とたんに、すとーんと体が浮きながらかなりの距離を深いシダの密生の中に落ちて行った。目の前に埃が舞い上がる。ここは急斜面だったのだ、あわてない、あわてない。たどりつくのに思ったより時間がかかった。途中でどの松の木だったのか分からなくなりかけた。根方はやはり深いシダの中だ。上を見る。枝葉で巣の在りかが分かりにくい。途中で引っかかっていないだろうか。こんな茂みで果たして見つかるのかどうか、紗杜子は急に不安になった。今まで経験したことのない奇妙な、恐怖にも似た心細さ。それは辺りの普通ではない景色、人の入って来ることのない背丈にも近い湿ったシダの密生——そんな場所のせいだろうか。しかしこのどこかでチコちゃんも震えているはず。早くなんとかしなければ。紗杜子は、これはもう母親の感情だと思った。

意外と早くチコちゃんは見つかった。取り上げたとき「チー、チー」と甘えるような声を出した。胸に抱き寄せれば、体を丸めて小さく震えている。よかった。元気そうだ。

紗杜子は松の木を見上げる。「さあどうする。さあどうする、紗杜子」と自分自身に問いかける。巣に返すことは難しい。連れ帰って育てるとすれば、誰とだれが協力してくれるのか、里親になれそうな人みな思い出して見る。みんな仕事持ち。駄目だ。なにしろ猛禽類だ、難しいことは確かだ。ふと脳裏に「自然のままに」という言葉が浮かんだ。これはこれで自然の営みとすれば、放置しておけば自然淘汰という解釈も成り立つ。タカ類は一羽か二羽の育雛というではないか。お姉さんとナカ君が安全に育つための摂理ではないのか。チコちゃんはイタチなどのエサになるか、死んで土中のバクテリアたちの栄養となるか、ムダということにはならないだろう。この間の夢のように誰かのための「献身」にはなるのだ。しかしそれはどうみても殺生。文字どおり殺生なことだ。

紗杜子はまとまらぬ考えに焦った。チコちゃんは腕の中でぴくぴくと動く。そうだ、いまこうして命のあるもの、それを忘れないでいなければならぬ。ここで命絶えればそれはそれで地中に返って行く。もし生き長らえば、チコちゃんの生命は無限に無数に子孫に引き継がれて行くだろう。断ち切れば無、引き継げば無限。そうだ思い出した、ハンターが罪深いゆえんを。一つの命の、未来に連なっている命を、自分の都合でそこで断ち切ってしまうからだった。未来永劫の無限に連なるものを自分の楽しみのために消してしまうのがハンターだ。いまわたしはその立場に近い。腕の中にいるのはその無限の命の重さではないか。——迷うことはないのだ。出来るだけのことをしなければ。まず最良の方法は？　巣の中に返すこと。松の木を見上げる。大きくてすごい高さだ。どうやって？　そうだ、孝子だ。紗杜子が思いついたのは飛び上がって喜びたいほどのものだった。いい友達がいてよかった。最近岩登りを始めたと言ってたではないか。まずこの子の安全をどうする。紗杜子はチコちゃんをそっと足元に下ろすと、バンダナを開いた。犬歯でかみ切って、なんとか二つの小さな穴をあけた。チコちゃんを拾いあげ二つの穴に両脚を入れて軽く包み込む。日陰を選んで小枝に吊るす。やや滑稽な恰好に微笑みながら「待っててね」と声をかける。紗杜子は斜面を巻き気味に登る。しかし焦ればあせるほど大変だった。ずるずると何回も押し戻され、汗まみれ枯れ葉まみれになりながらブラインドまでたどりついた。すぐに谷の鉄塔巡視路を駆けくだり、宿舎に帰って孝子の部屋へ。

「助けて、孝子！」

尋常ではない紗杜子のありさまに一瞬驚いた孝子、事情を知ると「よっしゃ、まかしとき」と頼もしかった。

しかし次の瞬間。紗杜子は落胆してしまった。孝子はロッククライミングの手ほどきは受けたが、まだ一度も実際に登ったことがなかったのだ。用具の使い方を教わり始めたばかり。紗杜子はすっかり意気消沈してしまった。だが、バンダナでぶら下がっているチコちゃんのことを思いうかべると、「わたしが登る」と宣言した。驚く孝子に「出来るだけの道具、用意して」と頼む。孝子は、山岳部のリーダーに電話した。

紗杜子は思い出していた。自分を勇気づけるように思い出していた。小さい時から木登りが得意だったではないか。悪童たちに囃されていた言葉も忘れてはいない。——さとこサが付く猿の子さとこ、サルスベリに登ってツルリンコー。女の子でさえ紗杜子のいる前で小声で歌った。ただその時は。さっちゃんサが付く猿の子さっちゃん、となった。そしてみんな、ツルリンコのところで「ツルリーンコ」にしてみたり色々にヴァリエーションを楽しんでいたのだ。猿の子紗杜子は松の幹を思い浮かべ作戦を考える。

親鳥がいない間がいい。給餌するまで一回待つ。襲われたときを考えヘルメットが必要、バイクのものでいい。チコちゃんをどう運ぶ。籐で編んだ口の小さい花活けがある。カバンよりもその方が安全。それに入れて腰に付ける。

松の根方に着くと孝子はてきぱきと指示をした。万が一を考えザイルを使って孝子が確保する。カラビナを何個か使用、ハーケンはだめだからナイロンロープで出来たスリングを枝につけ、それにカラビナをかけザイルを通しながら登る。安全ベルト=ハーネスをしっかり腰に着けた恰好は、いっぱしのクライマーだ。何よりも素晴らしいのは、氷雪用のアイゼンを用意したこと。しかも十本爪のしっかりしたものだ。松の木には悪いが幹に食い込ませ確実な足場が取れる。一番難しいと思われた最初の下枝までたどりつけば、あとは楽だった。かなりの速度で紗杜子は登って行く。「気をつけてー、そう急がなくていいよ」と孝子はザイルを延ばして行く。

そのうち孝子が「ペッ、ペッ」と、変な声を出し始めた。「どうしたの?」と紗杜子は下を見る。「ゴミが口に入るのよ」と孝子。「口、あけてるからよ」「だって、上向いたら口が開くのよ、ペッ、ペッ」とやっている。その時、

「どうしたの?　紗杜子」

と今度は緊張した孝子の声。アイゼンが銀色に光る。その紗杜子の右の足首あたりに血が流れているのが見えるのだ。

「紗杜子、どこか怪我したんじゃないの？　アイゼンの爪、引っかけたんじゃない？」

紗杜子はそれに気づいてはいた。

「あのねー、いま始まったのよ、わたしの。心配しないで」

声を抑えて答えながら、いつもの月とは少し様子が違う、とも思った。今月はいくらか遅れていた。二、三日前から気にしはじめたばかり、量も多いような感じだ。ひょっとすると一つの命がいま消えたのかも知れない。籠の中の命と引換えのように……。

「大丈夫なの？」孝子が心配する。

「大丈夫、大丈夫」。紗杜子は自分にも言い聞かせながら、いま考えている余裕はないと思った。

「もうすぐだから。少し緩めて」

紗杜子は巣の直下にやってきた。随分高い所だ。見上げている孝子が遠い。あたりはヒナの糞で点々と白くなっていた。頭上に被さるような巣の、反対側にまわるためにかなりの腕力が必要だった。

巣の上に紗杜子が顔をのぞかせた途端、二羽のヒナは「ギャーッ」とも「キーッ」ともとれるような声をつづけざまにあげた。そして巣の先の方まであとずさって、可能な限り身の丈を高く見せるように立ち上がった。そして大きく口を開いて叫びつづけるのだった。その形相は「お姉さんにナカ君」と呼びかけようと思っていた紗杜子の考えなど、吹き飛んでしまうものだった。

急いで籠の中のチコちゃんを掴み出して巣の上に乗せる。そこには意外にも青い松葉や新しい緑の葉っぱが沢山載せられていた。

下りがやはり怖かった。「慎重に、慎重に」と心の中につぶやきながらカラビナなどを回収しつつ下りる。確保している孝子の真剣な顔が睨んでいる。やはり最後の、一番下が難しい。ザイルに甘え、幹を傷つけながらの方法しかない。

ブラインドに戻って紗杜子は「ちょっとわたしの処理するわね」と孝子に断った。

「手伝わなくてもいいかな」と孝子は見ている。

紗杜子のお尻をピチッと叩き「紗杜子の肌は白いねぇ」と冷やかす。いつもとは少し違って真っ赤な部分が多いように思う。紙ガーゼを孝子に見せながら、

「こんなに赤いものだった？　しげしげと見たことなかったけど」と聞いた。

「すごく綺麗、こんな明るい白日の下だからじゃないの。でも、これほど鮮やかな赤なんて、初めて知った」と孝子。

「そうね、わたしも。周りが緑いっぱいだから？　血の色って、なにかの信号なのかしら」

「紗杜子が若い証拠、元気でいいのよ」

と屈託のない孝子。紗杜子は思う、孝子のいいところは、あっさりとしていつもフランク、明るくて誰にも親切、行動力があってしかも控え目、ただ一つの欠点は煙草を嗜むことだ。

やがて「ピックィー」と声がして親鳥が帰ってきた。望遠鏡を覗く。三羽のヒナは元気にエサをねだっている。親鳥も何事も無かったかのように以前と変わらない。

「よかった、やったねー」と孝子。

「ありがとう、孝子のおかげ」

二人はその場に、狭いブラインドの斜面に仰向けになった。

風が吹いている。松林を通る風、松林でしか聞くことの出来ない松籟(しょうらい)だ。優しい歌のような、松葉をふるわせながらさわさわさわさわと鳴っている。砂浜に寄せる波の音にも似ているような……

二人はそれを聴いている。上を向いたまま孝子が言った。

「いい風ね」

「うん」

「静かだね」

「うん。蝉も鳴き止んでる」

「遠くで、聞こえる」

「うん」

孝子はふと紗杜子を見た。紗杜子のまなじりに涙が一粒光っていた。


六月二十六日。紗杜子は独りで様子を見に来た。三羽とも随分体色が黒っぽくなった。顔つきに幼さが残る。お姉さんとナカ君との区別がつかなくなった。チコちゃんだけはやはり少し小さい。チコちゃんに挨拶するとほかの二羽は別の枝に飛び移ったりして隠れる。三羽とも翼をしきりに打ち振っている。巣立ちは間もなくだろう。

六月二十八日。巣の上にはチコちゃんだけしかいなかった。二羽は巣立ったのだ。あたりを捜したが見つからなかった。この頃は「ピックィー」と鳴く声もほとんど聞かない。

宿舎に帰って孝子に巣立ちを知らす。孝子は、も一度チコちゃんに会いたいという。仕事の都合で三日後の七月一日までだめだ。それまで大丈夫かと心配している。

七月一日。巣の中には誰もいなかった。「遅かりしか」と孝子。ところが耳を澄ましてみると、遥か斜面を右側にまわった谷間の方で、「ピックィー」と声がする。二人は一旦、谷に降り、みかん山を遠回りして斜面が正面に見える場所に出た。

鳴いているのは親鳥だった。枯れた松の枝の先端でしきりに叫んでいる。そこから数十メートル離れた低い梅の木にチコちゃんがいた。「チー」と甘えた声を出している。「恰好は一人前になってるよ」などと二人は望遠鏡や双眼鏡で見ていた。親鳥は恐らく母親なのだろう、かなりヒステリックに叫ぶ。

「早くこっちへ来なさいと言ってるようね」

「そう、間違いないよ、親は相当イライラしてるね」

と言いながら紗杜子が望遠鏡を母親に向けたその時、一段と甲高く速く硬質の叫び声をあげながら、いきなりこちらへ向かって飛んできた。大きく菱形に開いた口が望遠鏡の視野の中にみるみる迫ってきた。紗杜子はのけ反るように目を離す。サシバは頭上をかすめてすぐ上の櫟(くぬぎ)の頂に止まった。

「うわー驚いた、びっくりした」と紗杜子、

「叱られた、怒られた、早く向こうへ行こう」と促す。

「お母さんに怒られた、叱られた」とこぼしながら二人は谷に下った。

帰り道で約束をした。チコちゃんたちが南へ渡って行く秋、あのK岬まで見送りに行こう、と約束をした。


それから三ヶ月が過ぎた。

十月八日、二人は午前三時に宿舎を出た。岬まで五時間はかかる。天候が二、三日悪く、やっと今日、風弱く快晴の予報。沢山のタカが渡って行くことだろう。

午前八時過ぎ、岬の手前、やや小高い丘の上に、用意してきたシートを敷く。一息入れる間もなく、すぐ近くの谷間から一羽、二羽、そして十数羽と、サシバが螺旋状に輪を描きながら、ゆっくり上空に舞い上がって行く。すでに上昇気流が生まれているのだ。双眼鏡で見ればさらに向こうの尾根の上でも数羽が舞い上がっている。申し合わせたようにその数は次々と増えて行く。高く高く揚がり、肉眼ではゴマ粒くらいにしか見えなくなったころ、一羽が流れるように西の方角へ滑翔して行く。するとそれに続いて次から次と流れて行く。翼を真っ直ぐに開き、尾をしっかり伸ばしきって。それはいつ途絶えるのかと思える程である。

紗杜子と孝子の持つ数取器がそれぞれ忙しくカチャカチャと鳴る。二人はシートの上に仰向けに寝転がってカウントしている。でなければ首が痛くてとても我慢できないのだ。

「あれがチコちゃんでないのかなぁ、少し小さいよ」と紗杜子、

「それはなかなか無理なことよ」と孝子「でもやはり、あの子は気になるねぇ」

お昼の弁当の時も数えながら食べた。

「今日は多いね、見落としが大分あるよ」

「仕方ないよ、見送りが主な目的」と孝子が慰める。

「あれがチコちゃんかも知れないなぁ」と紗杜子は度々言う。

「かもね」と孝子も受け答えして「さっきから随分たくさん、チコちゃんらしき、が通ったよ」と冷やかす。

太陽が西にまわって。通過する数も少なめになって来た。

「紗杜子、いまカウンターいくら？　わたしは二千百六十五」

「わたし、二千二百一、かなりいい線」

「そろそろこの辺で帰り支度だね」と孝子。

「うん、でもチコちゃんは遅れて来ると思わない？　小さいんだから。まだ少しずつやって来てるよ」と紗杜子は未練十分だ。

「でも明日かも知れないし、昨日だったかも。あ、昨日は天気よくなかったのか」と孝子も同情

はしている。

白い輝きを含んだ明るい青空が、すでに淡い橙色を交え始めた。

「早く帰らないと、拓郎さんが待ってるよ」

と言う孝子に、

「いいわ、途中から電話入れるから」と紗杜子は答え、なお空を見ながら、

「そうだ、あれみんなチコちゃんなのよ、来年もきっと帰って来てねって言えばいいんだから」

孝子は少し考えてから
「そうね。そうなのよ、全部チコちゃん。みんな無事に渡って、『いまジャカルタに着きました、チコ』なんて便りが来るんだったらうれしいのにね」

と孝子もまだ空を見上げている。

長い髪を吹かれるままに、風の中で紗杜子は言った、

「わたしね、赤ちゃん出来たようなの。今夜、彼に話すところ」

「おめでとう。いよいよ紗杜子の子育てか、頑張ってね」

「サシバのお母さんより多分、大変だろうね」と紗杜子はほほえんだ。

六千万本の忘れな草

「こんにちは」が始まりだった。ヤマツツジの赤い花弁にむせかえるような山頂で振り返ったとき、声をかけた彼女の方がピクッと体をひきしめ、驚きの表情を見せた。思わず風体を省みる。と同時に、いちはやく彼女の全体を読みとろうとした。この感覚は、いきなり同類に出合ったときの野生動物たちと同じに違いない。相手の山歴を推し量ろうと、山靴に目を向ける。

「あれ」と小さく声に出したのが同時だった。互いの山靴が同じ、しかも共に真新しい。

「まさか先週のKのバーゲン」

「そのまさかです」と彼女。

オリーブ色のパンツは男物のように精悍な印象だ。登山シャツはワインカラーのタータンチェックと瀟洒。上気した顔に映える。ゴアテックスの淡いパープルのこの山靴、購入のときためらったその派手目のものだった。

ウグイスの声があり余るほどにツツジの群落に満ちている。遠くカッコウの歌が、真昼の午後を伸びやかに広げている。梅雨末期の晴間、日の光に追い立てられ水蒸気が溢れ出る。一二八〇メートルの山頂は蒸し暑い。リュックを寄せ、ツツジの一株のわずかな日陰を、どうぞと勧める。ウィークデーのこの暑い日、おそらく誰にも出会わないだろうとの予測は早くも外れた。それも単独行の若い女性とは。

彼女はリュックから、焼き芋でも包んでいるかのような新聞紙のつつみをとりだした。

「よろしかったらどうぞ」

開いてみれば凍らせたスポーツドリンク。カシャカシャとシャーベットのような音がする。新聞紙に包んだまま手渡すところなど彼女の茶目っ気か。

「あなたは？」と訊けば、

「お弁当のときビール飲みました」と笑っている。「それに、も一つあります」

「ビールも凍らせて？」

「それはだめです、味が落ちてしまいます。この缶の横に抱っこさせて来ます」

なるほど。しかし抱っことは。

顔を盗み見るように覗く。頬から目の辺りがピンク色だ。

「酔っぱらってるように見えます？」と訊かれた。

「いえいえ、このヤマツツジのせいでしょう」と答えたはいいが、すぐに「きざ…」と内なる自分がつぶやいた。彼女は「ふふ」と小さく笑った。

落葉松の林で「ミョーキン、ミョーキン」とエゾハルゼミが合唱を始めた。はやくも応援団だ。

拍子をつけてはやしたてる様子。「ケケケケケ」と続けるところなど笑い声と見ていいだろう。

「こんなものいかがです？」と次は冷たいおしぼりだ。凍った缶の回りに濡らしたままくっつけてきたものらしい。「一つあげます」と渡された。思わぬ冷たさがありがたい。シマリスが前脚でどんぐりを戴いているイラスト入り、微かに化粧水の香りが宿る。

彼女の積極性が多少意図的ととれなくもないが、相手に合わせるのも礼儀の一つだろう。

「さっきぼくの顔を見たとき、なにに驚いたのです？」

「あれはですね、うふふ」彼女は明るい空に顔を向け、ついで地面に視線を落とす。「初恋の人かと思ったんです」

うなじの白さが眩しかった。水っぽい空の青が映っているかのようなえり足、鮮やかに眼に残る。

「いつごろのことです？」

「小学校のときの同級生」

ぼくの顔をのぞき込み、均君じゃないのね、と二度も念を押した。「そんなに似てるんですか？」

ええ、と答えた瞳は遠い宙に浮いていた。

浅木春菜との出会いは爽やかだった。同級生同士のようなつきあいが始まった。困惑するのは、ときどき彼女が「やっぱり似てる」と思いついたように言うことだ。ぼくの表情に気づくと「ごめん」とすぐに謝る。

じっと顔を見られているとき、こちらから先に「やっぱり似てる」と言ってやる。春菜は「うん」と満足げにうなずくのだ。

小学生のときなんだろう、似てるといったって、と異議を申し立てると、高校までは一緒だったのよ、と反駁された。

「まあいいや、代用品、代役でいいさ」と開き直れば、「そうなの？　スタントマン志望なのね」などと追い打ちをかけてくる。「危険な目に合わせるつもりか、こいつ」と軽くコツンとやる。そのときは冗談ですんだことだった。

春菜は大学を出て希望する就職が出来なかった。いまはフリーターである。テレビショッピングの受付でコンピューターの操作をしている。企画によって、また季節によって繁閑の差が大きいらしい。ぼくは、通信ネットワーク会社の保守監視の仕事、宿直を含む循環勤務である。おかげで二人だけの日帰り山行は数えきれないほどだ。宿明けの体のだるい日でも、春菜から誘いがあれば、心はなぜか浮足立って怠惰な肉体を一種の快楽に誘ってしまうのだ。

彼女のパソコンにはその山行記録が入っているという。確かこの前、あなたとは二十五回目ね、と言った。萌木岳の頂上で出会ってから一年余り、月に平均二回くらい春菜と山を歩いたことになる。

春菜は四つも年下でありながら、ぼくを同級生のように扱う。これもまた山行という共同作業の中では快く適切だとは思う。

岡山の田舎の実家から援助を受けているわけではないが、酒屋を継いだ兄夫婦、特に兄嫁への気兼ねなどもあって帰省も気がすすまない、と言う。適当な収入に恵まれ気楽なのは結構だが、懸命の職探しもせず、フリーターのままでいいとも思えないし、かといって誰かいい人もいないし、などと面と向かって言う。大学で専攻した環境生態学の勉強、それもなにか取り残した気がして、心の中でハンモックのように宙ぶらりんに揺れていると言った。

九月の半ば、一泊のキャンプを計画した。どちらからともなく、山でなく川で、と決まった。今回は近辺の山を歩くことはせず、のんびり過ごしてみる約束だ。

江川崎で高知県に入り、四万十川を遡って三島キャンプ場に着いた。ワゴン車に二人分の山道具などを積み込んでも余裕がありすぎる。これだけ？　ずいぶん質素な暮らしね、と言って笑い合った。いつも背負って歩いている山道具など知れたものなのだ。

入り口の売店のおばあさんに入場料を納め、中洲につながる沈下橋を渡る。広い河原のキャンプ場はシーズンオフのためか誰一人いない。もちろんウィークデーのせいもあるだろう。ときたま、少し離れた中洲の中の道を地元の軽四トラックが通って行く。「山と同じ、静かでいいや」と満足する。

テントを張り、ゆっくりと夕飯の支度。キジバトが松林の中でのどかに歌っている。ホオジロたちも数羽、チチッ、チチッと群れて草むらを出入りする。一つの別天地、ふたりして時を過ごすことの、ただ単純に豊穣な気分が、寡黙なまま作業を続けさせる。

明るい内にと夕食を済ませ、後かたづけをしてもまだ日暮れには時間があった。中洲の先端の流れのところまで遊びに行くことにする。人の頭ほどの丸い石が、ごろごろと連なっていて歩きにくいことおびただしい。春菜はときどき奇声を発してはしゃぐ。流れが二手に分かれている先端に出た。左手は音もなくゆったり。右手は覆いかぶさる樹木の下を、向こう岸の岩壁をえぐるようにさざめき流れる早瀬、一部は黒々と深い淵となっている。

小さな岩の上に腰をおろす。互いのお尻がくっつくほどに狭い。左の大きな流れは長い歴史でも語っているかのように、あくまでも静謐。ただ目を凝らせば決して緩やかではない。かなりの速度で浮遊物が流れ去ってゆく。対照的に右の早瀬が、今を語るかのようだ。錯綜した複雑な言葉を空間に投げ上げている。聞耳を立てるのが不気味に思えるくらい、心の中に波が立つ。

春菜はじっと早瀬の方を見ていた。随分前から無言。

「あのね哲哉。わたし昔、死にかけたの、川で」と突然春菜。

白波の立つ早瀬を睨み付けた姿勢で、彼女はこんな話をした。ただ、自分は気を失って死にかけていた。だからあとで友達から聞いた部分が多い、と断って。

春菜が中学二年生のとき。岡山県の山中を流れる川は、四万十川の十分の一にも満たないくらい小さい。町はずれの太郎丸は、夏休みの間のみんなの水浴び場だ。もちろん学校にもプールはある。しかし変化があって楽しいのはなんといっても川、午後遅くなると、水の中にいるほうが温い風呂にでも入っているように気持ち良かった。時には、突然の夕立に、脱いだ衣服を隠すところがなく慌てさせられる。晴れてはいても、上流に降った俄雨が突然の増水になって襲ってくる奥水、あれは恐ろしいぞ、と親たちに半分脅かされたりはした。しかし中学の上級生が何人かいれば大人たちもあまりやかましく言わず、小学生も含め大勢が泳いでいるのが普通だった。

そこは上下関係や横のつながり、意思の伝え方や知恵の働かせ方、時には意地悪の仕方まで、学校以上に自分たちで身につけていく勉強の場だった。

その日、前日の雨も夜のうちに止み、入道雲が高々と伸び上がっていた。太郎丸は、流れが川の中に突き出た岩にあたって左下に潜り込み、川底をえぐって、すり鉢状に深くなって出来た淵である。上流から流れに乗って泳ぎ下ると、その岩に行き当たる。岩に掴まって休んだり、回り込んで岩上にあがり、再び淵に飛び込む。それらは遊びの一つのコースとなっていた。増水のときは、もちろん渦巻く太郎丸に近づいたりはしない。

その日は、気をつけて見なければ分からないほどの、水中眼鏡を通してかすかに感じられる程度の濁りがあった。前日の降雨のせいである。よほど小さい子でない限り誰しもそれを意識していた。上流から下り太郎丸の岩に体が着いたとき、ぐぐっと底のほうに引き込まれる感じがいつもよりわずかに強い。みな、はっとしながらも、水に逆らわず潜り気味に左へ移動して吸引から逃れる。うっかりしていると岩にピタッと吸いつけられ、徐々に引き込まれるのだ。それがこの日、誰の胸にもしっかり仕舞い込まれている大事なことであった。山崎均ももちろんそのことを知っていた。小さな子がそこを泳ぎ下ることを禁じていた。

きゃーきゃーと賑やかだったさんざめきが突然、金切り声の悲鳴に変わった。二、三人の女子が大声をあげ太郎岩の水流の衝突点を指さしていた。キャップはどこへ行ったのかおかっぱの髪の毛だけが水面に残り、細い二本の腕が岩の斜面を引っかくようにしていた。ずるずると少しずつ腕が短くなり、鉤型にゆがめた指の形をそのままに、ゆっくりと消えていった。悲鳴が一段と高く響く。岩の上にいた者も泳いでいた者も呆然としていた。辺りに無音の時が流れる。時間が凍りつく。いやただ一人、猿のような敏捷さで走っている者がいた。山崎均。緊張した表情で田の縁の資材置場から竹竿を一本、引きちぎらんばかりに抜き取った。岩上に飛び帰るや淵の深い部分に差し込み、ぐるぐるとかき回した。春菜は、しまったと思ったとき顔を空に向け、思いきり息を吸い込んだ。水中眼鏡はつけていなかったがしっかり目を開けていた。少し白く濁っている水の中を、岩の表面に吸いつけられるように、深く暗いほうへ引き込まれて行くのが分かった。いつもは心臓がきゅっとなるほど突然冷たくなる深みが、今日はなぜ同じなのだろう、などと考えた。足で懸命に水を蹴って浮き上がろうとした。そのつもりなのにずっと辺りは暗いままだ。ちちっ、と音がして耳に水が入った。息が苦しくなり水を少し飲んだ。鼻の奥が痛かった。体が重くなりさらに沈み込んで行く。また水を飲んだ。溺れる、と思って目をつむった。手足が自分の意思とはまるで違う動きをしていた。そのとき竹竿が手に触れたのだった。そして何も分からなくなった。

山崎均は、力を込めて竹竿を引き寄せた。白い指が見え、竹につかまった両手が現れる。頭が出、顔が出た。春菜だ、とそのとき皆が知った。指がずるずるとすべり、力つきて開きそうになる。水面で体が急に重くなる。竹竿を今にも離しそうになる。

「手伝わんか、このっ！」

均はそばの男たちに怒鳴った。あわてて三人ほどが竿を握る。と同時に均は水中に飛び込んだ。春菜を後ろから抱き、背泳ぎをしながら岸の砂原に近づく。春菜の顔に血の気がない。

「俺の服を取れっ」と、均はまた怒鳴る。何人かが手伝って水縁から春菜を運び上げる。

「そこに敷けっ！」まるで喧嘩腰だ。

「俺のタオルもみんな敷け！」と言いながら、春菜を自分の膝の上にうつ伏せに乗せ揺すった。グブッという変な音がした。春菜の口からじゃばじゃばと水が出た。焼けついた砂の上は裸足では立っていられない。春菜を均の服の上に横たえる。

「息、しとらん」均が小さくつぶやいた。近くの女子が短い悲鳴をあげた。

「誰ぞ！　タオル出せっ！」と均は怒鳴る。ひったくって春菜の口にかける。その上に顔を伏せ、自分の口で大きくふさいだ。だがすぐに顔をあげた。「手拭いかハンカチないのか」とまた喚いた。均の人工呼吸は長いようでもあり短かったようでもあり、誰からも時間の感覚が欠落していた。

突然咳き込みながら春菜は息を吹きかえした。何人かの女子が一斉に泣き声をあげた。女の子らは春菜と変わらないほどに青い顔をしていた。均は「頼む」と言って側を離れた。男子はみな、何事もなかったかのように水の中に入って行く。

女子全員に囲まれて、春菜は帰って行った。太郎丸は男子だけとなり、やはり普通ではない雰囲気が残った。

この出来事について、その後、父兄からも学校からも何の音沙汰もなかった。小さな子も含めて、誰ひとり大人たちに漏らさなかったようだ。川で泳げなくなることをおそれたのだ。そのかわり、変な噂が広がった。

均と春菜がキッスした、というのだ。それをキッスだと言えばそうかも知れない。中学生たちにとって何事もなく終わった出来事よりも、むしろそちらの方が重大な事件だったのだ。そのせいで春菜はお礼を言う機会をなくしてしまった。さらに均もまた、極端に無関心をよそうようになっていた。それは同じ高校に進んでからも何時までもわだかまりとして残った。春菜にとってクラスが違っていることがせめてもの救いだ。小学生のときからときめきを覚えていた彼の姿が、春菜の心にまた別の影を帯びてしみ込んでいった。

それから数年後、高校卒業を間近にひかえたある日、突然、均が訪ねてきた。玄関先で、これを君にプレゼントしたい、と裸のままの本を一冊手渡した。辻まことの画文集『山の声』だった。驚く春菜に「俺の一番好きな本なので」とだけしか言わなかった。さっと玄関を出ていく彼に、またもお礼を言いそびれた。心の中の重しがまた居残ってしまった。

それから幾日か後、山崎電器店が夜逃げしたとの話が広がった。知り合いの保証人になっていたことが原因らしい。それ以来、均の消息は一切わからなくなった。──

「その彼にぼくが生き写しか……その本のせいで、山好きになったたってわけだ」

「すぐじゃないわ。しばらくは辻まことの魅力は分からなかった。大学も後半、専攻の関係で野山に出かけることが多くなったころ」

春菜の心にインプリンティングされた彼のイメージは、いつまでも若々しく雄々しいのだ。

歩きにくい石ころの河原を通り、ぼくらはテント場に帰った。たくさんの秋の虫が草むらの中でそれぞれの楽器を響かせている。スズムシはもちろん幾種かのコオロギ、あまり聞かなくなっていたマツムシの「チンチロリン」、慎ましやかに可憐だ。草むらの小国に密かに回転しているカンタンの風車。

「コーヒーいれようか」

「うん。椅子などあったほうがいいのかしら」と春菜は、雑草の生えた砂利混じりの地面に腰をおろす。山ではもちろんそれでいい。

「そうだなあ、ディレクターズチェア二脚、小さなテーブルとクーラーボックス」

「こういう場所では便利かなァ。でも、ちょっと堕落、みたいな気しない？」

「そしてエスカレート、道具そろえる方が目的みたいになって」

「気がつけば、なんとか地獄」

二人は顔を見合わせて笑った。

テントに入り、横になる。時間をもてあまし気味だ。話題はやはり、ふたりで歩いた山のことなど。ふと左を向けば、すぐそこに、春菜のすっきりとした鼻の稜線。その断崖から続く引き締まってさわやかな、それでいてどこかほのかな甘さを秘める口許。わずかに白い歯が見える。

春菜のまなこだけが動いてこちらを見た。その目を見つめていた。胸のあたりから熱いものが拡がって行く。いきなり、しかしそっと唇を重ねる。彼女の腕が自然に、優しく動くのを感じた。だがすぐにぼくは体を浮かせてしまった。春菜は眼を閉じていた。山崎均の夏の日の〈姿勢〉を想像してしまったのだ。

目を開いた彼女はほんの少し微笑んだ。そして「起こして」と言った。座ったままで二人は優しく触れ合った。マツムシやコオロギの声が近い。春菜がときどき熱いため息をもらした。長い時間だった。


山仲間の土居と山口を誘って、正月休み、山上で初日の出を迎える計画を立てた。行き先は一六八九メートルの北綱ヶ岳、E大学避難小屋利用の一泊。浅木春菜の同行も認められ、四名のパーティーとなった。ところが二十九日になって、山口は家族から山行を差し止められたと泣き言をいいながら辞退してきた。詳しいことは分からない。新聞の遭難記事も影響したようである。

二十六にもなりながらまだ独立を認められないありさまだと、本人はやけくそのように言った。さらに三十日、姉さんが正月まで滞在すると下宿にやってきた、動きがとれない、と今度は土居。もともと彼は家族に内緒の山男だったから、山道具一切、ぼくの物入れで預かっている状態だ。これで結局ふたりだけとなった。

今年の雪は深いらしい。それに雪山に二人で、というのは体力上はじめから無理がある。土居、山口に話したら、彼らは、今年の雪は早かったのだから大分固まっている、里雪型でもなかったから中央ルンゼを直登すれば近い、さらにその日は十七時から毎正時、無線をワッチしていてやるから万一の場合も大丈夫だ、ぜひ行ってこい、と言う。多分にぼくらカップルに気をつかったところも見える。彼らの性格からしてこの事情ならどうしようもない。

春菜に話して打診した。ちょっと考えたあと、やはり行きたいと言う。冬型の気圧配置が緩んでいることでもあるし、南国のこのあたりでは恵まれた雪ではないかと積極的だ。春菜がその気ならぼくに異論はない。二人とも無雪期には何度も登っている。もちろん残雪期の、伸びやかで明るい魅力にひかれて訪れたことも少なくない。その日の夜の天気図では低気圧の影響を受ける可能性はある。その点だけが気がかりだった。

十二月三十一日、麓の梅野里に車を置き、すっかり葉を落としてからんとした櫟の林を抜ける。谷間にさしかかったところで、雪の間から黄緑の頭をのぞかせている蕗の薹が三つほど見えた。

「春菜、そら春の菜っ葉、な、春菜」

「そうね、いい色してるから、それで許す」

などと他愛なく軽快な気分だ。薄く雪の締まった山道を辿る。やがて無雪期には岩ばかりがらで登りにくい中央ルンゼの直登コースに入る。特別な急登ではないから、凍った雪にアイゼンがよく効いて登りやすい。しかし、谷を吹き上げてきて顔面に当たる風は刃物のような牙を持っている。切られるような痛さとはこのことだ。春菜の荷物の重さも気にかかる。計量では十八キロだった。ときどき声をかける。春菜もぼくの調子を気にしてくれる。どちらがバテても危険を招く。

「春の菜っ葉のシュンサイさんか」などと、登りの苦しさの中でもおどけながら行く。一歩一歩前進さえすればいい確実な行為が、精神を解放してくれる。さくっ、きゅきゅっ、と鳴る雪の音がいい。快適に距離をかせいで予定より早く支尾根に出た。そこからは北綱ヶ岳の南西斜面をトラバース気味に頂上鞍部に向かえばいい。

確かに雪は多い。しかし新雪ではない。空はどんよりとしている。西の空に二つ三つレンズ雲がある。大きくて不気味だ。昼食のとき、春菜がテルモスから注いでくれた熱いココアがおいしかった。

「春菜、どうだ？」「いいよ。哲哉は？」「快調。明日の天気はどうかねえ」

憂鬱に塞ぎ込んでいる鉛色の空を見る。

「昨日、天気が良すぎたのよね。冬の晴天、悪魔の誘いって言うじゃない」

と春菜は嫌なことわざを持ち出す。それが何時間も経たぬうちに現実になってしまうとは。トラバース道に入ってから雪雲にまかれた。それも突風を伴っていた。やはりレンズ雲は前兆だったのだ。このまま斜めに上がっていけば頂上横の鞍部だ。道を失う心配はない。ただ視界が真っ白でなにも見えないのは、風の吹きつける中で不安を募らせる。雪が深くなり柔らかさを増してくる。つぼ足では苦しくなった。そろそろ輪かんじきをと思っている内に鞍部に着いた。その斜め下、約五十メートルが目指す避難小屋だ。

時計を見る。午後二時。かなり早く着いた。春菜に声をかけ、ゆっくり斜めに下りはじめる。おかしい。十分近くも下っているのに小屋がない。春菜も不思議がる。今年の夏、確かにあった。二坪余りの小さなものだが消えて無くなる代物ではない。雪崩の来る場所でもない。春菜に鞍部からの方角を確かめる。彼女も同じ見方。独立峰ではないが近くに類似の鞍部がある山ではない。あれだけの屋根が雪に埋まってしまうとも考えられない。懸命に捜しなおす。風はますます凶暴になった。強烈な吹雪だ。何度も磁石を見る。時計を見る。午後三時、小屋はまだ見つからぬ。も一度鞍部に引き返す。斜め下へのくだりをやり直す。やはり駄目だ。あれほど馴染みの小屋が見つからないとは…。風の音がうるさい。ゴーグルにくっついてくる雪も邪魔だ。

そんなぼくに気づいたのか春菜は近づいてきて「いらいらしないで」と言った。「了解、了解」とは答えたものの、精神の天秤が微妙に振れはじめているのが自分にも分かる。鞍部近くにまたも引き返す。荷物をそこにデポして探し直す。出来るだけ風を避け、ここで〈灯台〉になってくれと春菜に頼む。ホイッスルを渡す。イングランドのアクメ、合成樹脂製だ。金属なら一遍に彼女の唇にくっついて離れないだろう。一分に一回くらいでいい、思いっきり吹いてくれと頼む。

空身になって強風にふらつかされながら、そこら中、文字通り雲の中を捜した。三十秒ごとくらいに合図が届く。ときに悲鳴のようにすら聞こえる。なんともわびしい情景。泣きたいような気分に襲われる。春菜は心細いことだろう。こんな場所で悪天候にやられるなんて。

かつて報道された吹雪の遭難の場面が浮かぶ。しっかりしなければ。春菜が一緒ではないか。息が苦しくなると彼女の所へ帰って行った。

「わたしが行ってくる」と春菜が交替する。寒さが背筋の方に這い上がる。足踏みをしながら笛を吹く。中空を真横に、小さな霰を乗せて強風が駆け抜ける。白い画面に灰色の横縞の連続、どこかで見た図柄。そうかテレビのホワイトノイズ。あの、信号の失われたときの不快な画面。笛を吹きながら、やはり春菜にわるいなぁと思う。

「無い。小屋が逃げてる」と言いながら彼女が帰ってきた。時計は四時を過ぎた。もう薄暗い。二時間を浪費している。春菜の顔がゴーグルの中でよく見えない。決断の時か。雪洞なら暗くならないうちだ。春菜の顔を目を見たい。

「春菜、わるいな。判断を狂わせてるのはなんだ」彼女のフードに顔をくっつけてどなるようにきく。

「情報不足なのよ。こう真っ白では基準になる物がなにもない、だから判断のしようがないってことでしょ」

「情報過多の悪口言ってたからな、下界で」

「弱気いわないの。わたしたちどうかしたのかねぇ。狐につまれようにも狐さんはお里だろうし。哲哉、なにもかも持てるもの総動員しよう」

春菜はしっかりしている、冗談まで言えるんだから。二つのリュックの陰に屈み込み、風を避けて大声で話す。

「あのね、例えば夏の記憶、思い出みたいなもの、この際大事なのよ。こうなったら頭の中で勝負、頭の中に基準点見つけるの」

春菜のユニークな提案だ。思い出を拠り所にするとは。夏と違っているのは何だ。雪、強風、気温、そうだ雪が深い、風が北西から吹いている——そうだ！　突然閃くものを見た。

「春菜、分かったぞ！」

ぼくは大声で叫び、彼女の肩を叩いた。

「いいか、ここはいつも北西の風。そこに雪がどんどん積もる」

「そうね！　吹き溜まり」

春菜はゴーグルを持ち上げる。鼻が真っ赤だ。フードの縁は氷片で白い。

「そのとおり。吹き溜まりで地形が変わる。鞍部の形がいびつにずれる」

「正解、それが正解！　偉い！」

その鼻、大丈夫かと凍傷の心配をする。手足は？　完全に感覚があると元気な返事。

「風上側に修正、移動！」

号令を掛けるように言って、ふたり歩き始める。しばらくして同じ手法で斜めに下る。小さく三角形に雪面を膨らませている小屋の屋根。なんとあっけないことか。

午後五時前、すっかり暗くなってしまった。スケジュール交信にはなんとか間に合うだろう。小屋の板の間は半分くらい薄く雪が積もっていた。風から逃れただけで随分と暖かい。石油コンロを取り出す。金属部分に、つい素手が触れてしまった。バリリと音がしたような気がする。

「痛ててて」と言えば、「だめよ、気をつけなきゃ。氷点下十一度よ、出来るだけ手袋着けてて」

コンロに火が入る。炎の音が頼もしい。無線機を取り出し温めている間に、春菜は夕食の仕度を始めていた。四五〇メガ帯、滝ヶ森のリピーターに合わせる。山口がすでにぼくを呼んでいた。無線機の電波は吹雪でも結構飛ぶもんだ。山口は荒れているのではないかと心配している。平地も風が強く雪も降り始めた。日本海と四国沖に急速に低気圧が発達したという。いま避難小屋の中で元気だ、少し迷った、と簡単に伝える。明日ももし悪天だったら正午に呼んでくれと約束する。

強風の唸り声を聞きながらレトルト食品を調理した。ウイスキーで体も温まる。貧しい灯がかえって懐かしい空間を生み出している。「危険な目に合わせて悪かった。スタントマンのぼくだけでよかったのに」と言ったとき急に春菜の表情が曇った。「いや厭味で言ったんじゃないんだから」と謝ると、すぐ元気な顔に戻った。

「でも、すごくスリルあったね。雪、堪能しちゃった」

と春菜は明るい。シュラフに入ってからは、お菓子など食べてぼそぼそと話をする。化粧もなにも落ちてしまった春菜の素顔、片側だけ明かりが当たる。前髪の幾つか、額に揺れている。いいようもなく愛しい。「今日の春菜のアシストは心強かった」と礼をいいながら、一生協力し合えて行けたら楽しい、という意味をつけ加えた。

しばらく沈黙していた春菜は、突然悲痛な表情を見せた。

「なぜ哲哉が、どうして哲哉が似てるのよ」

わが身に問いかけるように言って激しく頭を振った。奇妙な混乱、葛藤が整理出来ないでいるのだ。

ぼくの出現が、消えかけていたものを呼び戻してしまったのだろうか。身体とは違って心は、時間や空間に支配されないところで生きているのかも知れない。ぼくがまだ小さかったころ、隣のお姉ちゃんが増水した川に流されて死んだ。いつもは綺麗なあんな所で、と信じられなかった。でもお姉ちゃんはその日からずっと現れなくなった。それ以来、彼女のお母さんは毎日、ぼくが高校生になってもまだ〈陰膳〉を供えていた。それには蠅がたかっていることもあった。人の心の中で生きているものは、傍目には不可思議だ。心象の実体とは何だろう。遙かな人の心と、時空を超えてどのように交感出来るというのだろう。

ぼくには目の前に、すぐ前に春菜そのものがいる。

彼女の手をそっと掌のうちに包み込んだ。なにか言葉をくぐもらせながら春菜は顔を寄せてきた。小屋の傍を気まぐれな突風が唸りを残して駆け抜けていた。

午後十時。二人ともうとうととしていたようだ。目を覚ましてぼくは腹這いになる。ラジオをつけ気象通報に合わせる。鉛筆を使って天気図を描く。春菜がライトを当て手助けしてくれる。十時三十分には出来上がった。

「どう？　明日は上天気のようじゃない？」と春菜は嬉しそうだ。

高気圧が移動性となって黄海から張り出して来る。間もなく風もおさまるだろう。

「二人とも、行いがいいからね」と言えば「まったく、と言いたいところだけど」と春菜は笑って返した。


朝、「寒いなあ」とシュラフの中でぐずっていた。「早くしないと！」と春菜が外から呼ぶ。

「素晴らしいモルゲンロートよ！」

固く凍った山靴に無理やり足を入れ、外に出た。

間に合った。響き合いながら広がっているバラ色の山々。雲海のかなた、その先端から閃光を走らせて初日が昇る。祝福された元日が来た。

たおやかな曲線を湛え、右手の山塊はいま日の光を受けとめたばかり、深みを帯びて活き活きと赤い。

「きれい――」

小さくつぶやく春菜の顔が朝日に染まって輝く。

鼻唄まじりの朝食の準備、そして小屋の外に出て、ふりそそぐ光の中での食事。二人の吐く息は白く光り、踊るようにして短く消えてゆく。

「今日、どうする?」

「この付近でぼんやりのんびり過ごしたい、どこにも行きたくない、どこにもどこにも」

春菜はすこし媚びた抑揚で言った。それが彼女の悲痛な叫びだったとは、その日まで気づかなかった。

「じゃ、一日こうしていよう。でも雪盲に気をつけないと」

昨日すこしアルバイトし過ぎたから賛成だ。近くの頂上まで歩き、北面の断崖を覗く。眼下のブナやダケカンバ、それらみな霧氷をまとってきらめいている。かすかな風に梢を震わせ、グラスハーモニカの音階を奏でているかのごとく繊細――まさしくここは天上。春菜とふたり、満たされるままに華やかな静寂の中にいた。

春菜はウインドウズ95の導入を見合わせているようだった。ただ恩師から依頼されたデータの入力でしばらく忙しいと言っていた。

三月のはじめ、一段落したからどこか二人で行こう、と誘いが来た。早春の山なら明るい低山がいい。千メートル余りの大茅山と決まる。

梅花の林を通り、ボケの花を眺め、ホオジロやメジロたちの歌を楽しみながら里山を過ぎた。頂上一帯は広大なカヤの原だ。その中を蛇行しながら緩やかに延びる山道を辿る。小さな灌木や、僅かに藪のかたまりも点在する長閑な、心やすまる山頂。日だまりのカヤの原に腰をおろす。弁当を食べ、コーヒーを飲む。遠くを眺め、また近くの植生を見、思いつくままのことをしゃべり、横になってうとうととした。

どこからか口笛が聞こえる。「フィッ、フィッ、フィッ」。あまり上手とはいえない。誰かやって来るのか。

春菜が、「ちょっと起きて。あそこ見て」と双眼鏡をよこした。

「あの右の緑がかった小さな藪、こちらへ一本、野茨の枝が延びてるの見えるでしょう。あの枝の先のほう」

少しもたつきながら視野を向ける。あ、いた。赤い鳥、いやピンクの鳥、初めて見る鳥だ。背は黒に近い褐色だが、胸からお腹にかけての淡い桃色が綺麗だ。茨の緑色の中に、ぽっと映えている。口笛の主は彼なのだ。

「フィッ、フィッ、フィッフォ」、と優しく柔らかい。

「春菜、なんだ？　あの鳥」

「ベニマシコ。いい声でしょう、なにか慰められているよう。色も素敵だし」

珍しいというほどではないが、あまり度々出合えるものでもないそうだ。お猿さんのような顔に見えるので〈紅猿子〉と書くのだと教えてくれる。

「そんな顔じゃないよ全然、可愛い瞳しているし」

「真正面から見ないと駄目なの。お猿さんの子供のような無邪気な表情よ」

しばらく双眼鏡で見つめたが、正面を見せてはくれなかった。

「もうすぐ北へ帰るのよね」

と春菜の声が優しい。冬の間だけこのあたりの暖かい山で過ごすのだ。

そのうち左手からも「フィッ、フィッ」と聞こえはじめた。互いに合図しあっている。「あれはカップルかね」

「多分。もう三月だもの、一緒に旅立たなきゃ」そしてなぜかしんみりと、「いつも合図送り合って、ここにいるよって言ってるのよね。吹雪の日のわたしたちと同じ」

もし彼らがはぐれてしまったらどうなるのか、とぼくは訊いた。

「二度と会えないと思う。離れてしまったら多分、おそらくは絶対」

「長い旅路を、大変だ」

「北の国に帰ったら、あの胸が真っ赤な深紅色になるんだって。愛の季節、いつか見てみたいわ」

ふたりがじっとして動かないためか少しずつ近づいてくる。カヤの茎の一つから飛び立ってそばを横切ったとき、ポロポロッという羽音さえ聞こえた。そしてやはり「フィッ、フィッ、フィッフォ」と柔らかく合図し合っている。

目を閉じて耳を傾ける。春菜とぼくもまたそれがいつまでも続いてほしい。そのことをはっきりさせなければ。避難小屋の夜から二ヵ月余り過ぎている。春菜はどう整理したのだろう。

「哲哉、頼みがある」

突然、春菜は男のような言い方をした。ぼくは「どうぞ」と気楽に受ける。

「わたしのパソコンもらって」

えっ。意外な申し出に驚いた。そのときはユーザーも一緒にもらいたい、というせりふを思いついたのだが一瞬遅れをとってしまった。

「マック党、脱退してもいいでしょ？」

「もう次の新型に替えたくなったのか」と少々お灸をすえるつもりできく。

少しためらって、春菜は答えた。

「わたしの身代わり。四月から北海道に行くの。哲哉とお別れ。だから」

驚いて彼女を見る。瞳が潤んでいる。ベニマシコがまだ「フィッ、フィッ」と口笛やっている。うるさいっ！　と言いたくなって、いや柔らかく優しい声じゃないか、などととんでもない方向へ思考が行ってしまう。

「F先生の仕事手伝わないかって去年から言われていたの。でもわたし、ずっと考えていた。心の中にいつも、〈飛び立て、そこから飛び立て〉って呼びかけるものがあって、自分でもよくつかめなくて。勉強しなおしたいとも思うけど、それでもないし。何故なのかよく分からないの。だから」

どこか近くをカサカサカサと枯れた茅の葉を鳴らしながら風が通りすぎる。

「哲哉に相談しようと思っても、説明つかないの」春菜は泣いていた。「だからわたし、ホルモンのせいにした」

ホルモン？

「あのベニマシコね、春になると体内ホルモンのせいで北へ帰って行くのよ。自分の意志とか思いつきなどではなくて、体の内側からの得体の知れないものに動かされて」

一瞬の間にぼくの脳裏を、さまざまな日の彼女の姿、言葉、行為、あらゆるものがとりとめもなく映し出され、流れて行く。

「そう思うほか、自分でも納得できないの、どうしようもなくて」

茅戸を後にしての山道と林道、車の所まで長かった。こんなに黙ったままでいいのかと思った。ふたりの山靴の音だけが響いていく。新しい出発に、励ましの言葉を贈るべきなのだろうが、そんな偽善は好まぬ。

春菜の出発前日、パソコンを受けとった。わたしが発ってからセットしてと言った。そして空港に送りに来て、とも言った。別れぎわ、ファイル［哲哉へ］を読んでと言い残した。

ガラスごしの通路を手を振って去っていった。その便が飛び立つまで、ぼくはパソコンのマニュアルを読みながら空港にいた。

帰りの車の運転をしながら見る町の景色、それは昨日までのものとまったく違っていた。異邦人になってしまったぼくがいた。そんな自分に同情してやりたいくらいだ。今日からこの町は、もう別の町なのだ。

ファイル［哲哉へ］を開いた。春菜からの手紙。いままでのぼくに感謝しながら、自分のわがままを許してほしい、山で言ったとおりホルモンのせいと思って理解して、との趣旨を比較的簡潔に書いていた。

〈さよなら〉のあとの行に、forget-me-notとあった。

見慣れない単語だ。画面に英和辞書を呼び出す。「忘れな草」の英名だった。ドナウ川で恋人のために花を手折ろうとして溺れていった若者の伝説がある。貞節と友愛の象徴——。

何気なく次のページにカーソルを移したとき、画面全体がforget-me-notにびっしり埋めつくされた。てっきり誤操作したと思った。スクロールしてもスクロールしてもいつまでも尽きず画面に現れ続けた。

その時ふと思いつく。〔文末〕のキー操作。瞬時に画面は最後の部分を表示する。現れた文面

「ごめん、驚かせて。容量の限界まで入れようと思ったほど、哲哉大好き。北海道へ忘れな草見にきて。そして真っ赤なベニマシコに会って」

日本一長く、日本一重たい手紙を春菜は寄こしたのかも知れない。

電卓を呼び出す。八五〇メガ全部埋めたとすれば、それはおおよそ六千万本。画面が一度に淡青紫色に染まってしまう幻覚を見た。その中に真紅のベニマシコが呼んでいる。

いつの日かぼくは、山でフィッ、フィッと口笛を吹いて見るだろう。しかしはぐれた鳥はもう出会えない。失ってしまったのは共有する〈時間〉なのだから。

イ短調な子

いつの頃からか、真央子は生きているのも死んでいるのも同じようなものではないかと考えるようになっていた。

祖父が亡くなって、それがきっかけではないかと思う。

たしか今から二年くらい前、三年生の夏休みのことだ。スケッチの宿題があった。線路の向こう側に野菊のような花が二、三本立っていた。スケッチにはあれがいい、と思ったとき遠くの踏切の警報が鳴りはじめた。

小道が線路を横切っていた。そこから向こうへ渡ろう、と思う間もなく列車の音が響いてきた。渡らなければ！　と急かされる気分が、からだを置き去りにして向こう側に移っていた。列車が通りすぎてからでは遅すぎる、その前に花の傍にいなければ、と決めつけるものが残った。

列車が近づく、地響きが伝わる、早く、今のうち、早く、と花の姿に視線を固定したまま体が飛び出しそうになる、しかし足が動かない。

太い棒にも似た警笛が飛んできた。何かが崩れ落ちるように突然、目の前に焦げ茶色の壁がかぶさった。鉄の響きが軋み、錆臭い埃が巻き上げられ、貨物列車の長い長い連なりがガチャガチャと流れた。

列車が視野から消えて行ったころ、真央子は自分の幻影を見ていた。いまそこに、轢かれた体が転がっている。N君のお父さんが言ってた――人間が轢かれると車輪に脂がくっついて大変なんだ――。真央子はぼんやり考えた。ふとしたことで人は死んでしまえる。あの世とやらへ、すっと、一瞬の心の決め方で行ってしまうんだ。

河原一面のコスモスを見ていた。花の中から、砂利まじりの小道にチラチラと三毛猫が現れては消えていた。まだ子供のように小さい体だった。真央子を誘っているようにも思える。花の中に埋もれてしまったらいい気持ちのままなのだろうか。風の中でゆるやかに、コスモスは真央子に向かって踊っていた。

ブランコに乗り、満開の桜の花を見上げていた。頭がくらくらして、このまま真っ逆さまに突っ込んだら死んでしまうのだろうか。蜜蜂の羽音がぶーぶー鳴っていて、花の枝がまばゆくて、風はあったかくて、天国のようだった。

なにか忘れ物を探しに学校に帰ってきた。長い廊下をひとりで歩いていた。聴覚をなくしたこの世とは違った場所。いつまでも廊下が尽きず続いているような、そんな向こうの世界を見たい気もする。地下街の明るくまばゆい灯の下、大勢の人に流されながら歩いていた。何かが取り去られた別の世界だった。結婚式場のビルの屋上から下を見たときもそう、心地よいぼんやりとした浮遊感の中に漂っていた。

両親と祖父と、もちろん弟も一緒に夕飯を食べているときだって、自分がそこにいることが不思議に思えてくる。なんだかふんわりとした気分は、生きているのも死んでいるのも区別がつかない。この世とあの世はすんなりとつながっているのではないだろうか。あの世がすぐそばにあることを大人たちは認めたくないのかも知れない。きっと欲しいものが一杯あるのだろう、毎日忙しそうだ。

真央子は、そんな大人にならなければならない理由を、どこにも見つけられないでいる。

「真央子がまた、おじいさんの声がするって言うんですよ」

達夫が玄関に入るなり、晶子は訴えた。

「おじいさんの部屋、あてがったのが悪かったかな…」

「気持ちの悪いこと言わないでください」

さほど深刻に受けとめようとしない夫に、晶子は今日も苛立っている。

七月になって蒸し暑い日が続く。夏休みが近づくにつれ小学教諭は何かと雑事が多くなる。家に持ち帰る仕事が輻輳している。

「この間の一周忌のやり方、粗末すぎたのとちゃうか」

これまた無神経な言いようである。

晶子は、共働きの忙しさに手抜きしたなどとは考えたくない。やっと手に入れた一戸建ての新居が、転居の翌日、突然の舅の心臓発作、予定が狂ってしまった。

葬儀、後処理、転居後の整理や挨拶回り、それらが一度に来たのだから晶子にとって嬉しさも哀しさもなかった。

やっと落ちつけそうな今頃になって、今度は真央子が奇妙なことを言いはじめたではないか。夜、二階で勉強していると祖父の呼ぶ声がするという。ごく低い声で「おー、おー、まーおーやー」と聞こえるらしい。どの辺からと訊いても、天井の上のあたりのような気がする、と要領を得ない。真央子の使っている六畳間は祖父の部屋になるはずだった。隣の四畳半が真央子の予定であったが、そこは小学二年の弟のものとなり、六畳間は祖父の荷物が運びこまれただけで真央子の部屋となった。祖父のCDとレコード、小さなオーディオ装置、それに本棚が収まってかなりの場所を占めている。

おじいさん子で育った真央子の希望は全部入れられた。祖父は定年後のほぼ十年間、孫の面倒を見たことになる。連れ合いを亡くして落ち込んでいた祖父にとっても、また達夫たちにとってもそれは都合のいい分担だった。

真央子は、祖父に連れられてよくコンサートに行った。棟続きの借家では満足できる音量でCDなど聴くことは出来なかったし、晶子に対する祖父の遠慮もあった。真央子のピアノのレッスンの開始が遅れたのも自分のせいだと思っているところがあった。晶子がクラシック音楽に、あまりいい感情を持っていなかったからである。勤めで留守の間じゅう、祖父が音楽を鳴らして近所に迷惑をかけていると思っているふしがあった。

ある秋の日、二十代の女性奏者が地元の管弦楽団と、アルビノーニの「オーボエ協奏曲ニ短調作品九第二」を演奏した。細い体を真っ直ぐ立て、黒い髪に白い顔と白いドレス、エジプトのファラオを連想させる、と真央子は思った。

悲しい曲でもなく、リズムが生き生きと弾むように進んで行くのに、胸の中が熱くつまってきて涙がにじんで来るので困ってしまった。旋律に合わせて心と体で明るくリズムをとっているつもりなのに泣けてくる。きっとあのオーボエの、優しくて柔らかくて、いたわるような音のせいだろう。それに目の前の独奏のお姉さんの、端正で懸命な姿のためかも知れない。母の甲高い声に比べはるかに低域の、祖父の声のおだやかな音質にオーボエの響きが似通っているとは、真央子は気づいていなかった。

ケンブリッジセントジョーンズカレッジ合唱団のときは、規模の小さなホールだった。フォーレの「レクイエム作品四八」——今までに聴いたことのない、静かで穏やかで、人の心を鎮ませる優しさに満ちていた。澄みきった湖の底に安堵しているかのように真央子を包み込んでくれた。

〈死者のためのミサ曲〉なんだから、死んだ人を偲んでいるのだ。心の中の遠く深いところへしみ込んで行く。特に「聖なるかな」のソプラノを中心とした合唱、「神の小羊」の四部合唱はプログラムのテキストを見てしっかり記憶に刻んだ。

祖父は「眠くならなかったか？」と訊いた。「ぜんぜん、でも夢の中にいるようだったよ」と真央子は答えた。それに曲名は分からなかったけれど、アンコールのとき、本当に微かに遙かな天上から降ってくるようなボーイソプラノが聞こえたときはびっくりした。

しばらくして分かったことだが、舞台裏から、それも後部の場外から、やっと聴きとれるくらいに密かに流れて来たのだった。

その声は少しずつ大きくなって近づき、客席の後ろから歌いながら隊列を組んで現れたのだ。真央子の体が痙攣した。あれは素敵だった。後で祖父に言ったら、満足そうにうなずいていた。そして「お前は優しすぎる子かも知れん」と言った。

今日は元気の出る音楽会だから奮発するぞ、と言って連れて行ってくれた日、S席でも最上の席、一階中央のこれ以上望めない位置だった。

ベートーヴェンの「ピアノ協奏曲第三番ハ短調」、これも素敵だった。特に第二楽章ラルゴは大好き。ベートーヴェンは真央子にとって勇ましい青年やおじさんのようなところよりも、メロディーが美しくハーモニーの豊かなラルゴやアダージョなどの緩徐楽章がお気に入りなのだ。

それに比べ、ストラヴィンスキーのバレエ音楽「春の祭典」には度胆を抜かれてしまった。数人の少女を大地に生贄として捧げる儀式を表していると解説にあったから、それなりの心づもりではいた。しかしそんなもの吹き飛んでしまう激しさだった。

足を踏み鳴らすような恐ろしい弦楽器のリズム、金管楽器と打楽器の野蛮なほどの掛け合い、吠えているようなホルンやチューバ、ティンパニの強打、荒れ狂うチェロやコントラバス、耳が痛くなるほど強烈だった。終いのほうでは真央子は、もっとやれ！　もっと鳴らせ！　と心の中で叫びながら拳を握りしめていた。これはもう、曲も凄いのだけど、この席のせいなのだと思わないわけにはいかない。真ん中は凄いのだ。全部の音が真央子めがけて襲いかかって来た。

これまでは大体が二階席の後ろの方か、一階でもどちらか隅っこに寄っている席がほとんどだった。終わったとき祖父にそのことを言ったら、すごい音だったな、と赤い顔をして頷いた。それにオーケストラ「スペイン国立管弦楽団」の演奏もよかったんだと祖父は言った。

盛んな拍手の中で、指揮者はホルンやチューバなど金管奏者を起立させねぎらっていた。彼らの、耳に突き刺さるような確かな音程、音量、リズム、みな真央子にとって初めての経験だった。さらに嬉しかったのは、第一や第二ヴァイオリン、それにヴィオラ奏者の中に数人の女性がいて、その人達の表情は真央子が知っている泰西名画かギリシア彫刻の人物の顔と全く同じだったことだ。見とれてしまうほど美しかった。演奏が進むにつれその頬にピンク色が兆し、ブロンドや銀色の髪が揺れながら光り、緊迫した全身が生き生きと輝いた。素敵、素敵と思いながら真央子は聴いた。

帰りの電車の中で祖父に感想を訊かれた。

「よかった。今夜眠れないくらい」と答えたら、うれしそうに頷いていた。

「しかし、年寄りには応えるね」とこぼした。それが、真央子が五年生になった春のことだった。

真央子が学校から帰ったとき、弟は珍しく庭に出てひとりで遊んでいた。桜の花びらはほとんど散って、若緑の葉っぱの合間に薄赤い萼の連なりが目立つ頃だった。

「おじいちゃんは？」と訊くと、「部屋にいるだろ」と答え、シャベルで土をいじっていた。祖父の部屋から微かに音楽が流れていた。合唱曲のようだ。ピアノのお稽古に行く前に訊いておきたいことがあった。声をかけても返事がない。そっと入口をあけると、四畳半に続く板の間の籐椅子に祖父は腰掛けていた。邪魔をしてはいけないと思ったけれど、流れている曲も気になった。どこかで聴いた覚えがある。美しいハーモニーだが、喘ぐように静かで寂しい曲だ。フォーレのレクイエムに似てはいるが、それではない。そっと祖父に声をかける。やはり返事しない。ステレオの上にCDのケースがあった。曲名を見る。モーツァルト「レクイエム　ニ短調K六二六」、やはりレクイエムだ。そのモーツァルトのことで相談がしたい。

真っ昼間にこんな明るくもない曲を聴くなんて祖父らしくないと思いながら、顔を覗きに行った。うたた寝をしているようだ。穏やかな顔ではあるが真央子には、なぜか悲しげに見えた。祖父は疲れているのだ。

真央子が引き返そうとしたとき目を覚ました。そして「レッスンは済んだのか？」と訊いた。

「やだ、これからよ」

「そうか、寝ぼけたか」と笑った。

祖父の指示のままCDを止め、ステレオのスイッチを切った。そして、ピアノの大沼先生が選んだ今の曲、どうしても気乗りしないの、と真央子は相談事を話した。モーツァルトの「ピアノソナタ第十一番イ長調K三三一」のことだ。

祖父は、「立派な曲じゃないか、少し物悲しいところもあるが、三楽章の〈トルコ行進曲〉なぞ元気があっていいぞ」と言った。先生はその三楽章だけやろうとしている。全曲ならまだしも、真央子はそのうきうきした部分に身が入らない。祖父は、「若いんだから張り切ってもいいとも思うが、そんな子供子供した部分だけでは今の真央子には向かないだろう、でも子供には違いないのだから、さて先生にどう言うかな」と同情してくれた。

いまどんな曲が希望なのかと訊かれたので、バッハの「二声のインヴェンション」と答えた。

「ほう、インヴェンションか。どうしてまた？」

「好きだから」

「そうか。特にイ短調の十三番だろ？」

「そう」

祖父は真央子が自己流で弾いているのを聴いていたのである。彼自身、かなり老境になってから聴き込むようになったこの曲を、まだ小五の子供が好きだというのは一面不思議ではある。しかしひごろ真央子の内面的なものを見たり感じてきた彼としては分からないでもない。この子にはずっと原初的な純粋さと、どこか傷ついたような弱さとが混在している。それが危うさを感じさせもする。考えてみれば子供の心にこそこの曲はふさわしいのかも知れない。

「全曲やるのか？　相当かかるぞ」

「少しでもいいの。でも大沼先生の許しが出ないと」

十五曲の中でも最もメロディアスなイ短調は、感傷的に情緒に溺れて弾くのではないかと思っていたが、淡々として清廉な格調を保っている。詰まりながらも少しずつ上手くなっていく真央子の電子ピアノの音を、ある種の感慨をもって聴いたものだ。〈トルコ行進曲〉とは、えらい違いである。真央子の危うさはこのような清浄な静けさを求めるところにあるのかも知れない。

ふと彼は、三年ほど前の砂場での出来事を思い起こしていた。

やはりそのことが、真央子の心の底に冬の日の日蔭のように凍てついているのではないだろうか。

「わたし、勇気だして大沼先生に言ってみる、出来るだけ早く」

「好きなものがあるのは素晴らしいことだからな。先生もきっと分かってくれるだろう」

そう言いながらも彼はやはり気がかりだった。普通の子とは違った、悪く言えば少し子供らしい元気が足りない、良く言えばおちついて繊細、感性の豊かさ——これからどのように成長していくのだろう。

朝から油蟬のやかましい日だった。土曜日に家移りをした。翌早朝、救急車で祖父が運ばれた。母の病院からの電話で、弟と二人タクシーに乗った。病室に着いたとき、祖父の顔には白い布が被せてあった。

真央子は自分でも不思議なくらい、泣いたりしなかった。ただ周りの大人が悲しんでいるのを見ると涙がにじんで来た。

やはり祖父は疲れていたのだ。その体はこの世にさよならを急に思いついたのだ。あのふんわりとした浮遊感がやってくる。

ピアノで弾くことはしなかったがCDで「二声のインヴェンション」を聴く。イ短調のところではどうしてもしんみりしてしまう。祖父と過ごした日々の、気持ちそのものが蘇る。「三声のシンフォニア」もつづけて聴く。ト短調の十一番は、いまの真央子のためのレクイエムであるかのように、優しい慰めに満ちている。心に虚ろな穴があいていると感じたことはなかったけれど、CDを聴いている時間が増えていた。

家が新しくなったのを機会にひとり祖父は遠くへ引っ越してしまったのだ、そう考えることにした。

その夏の終わり、台風が迷走して数日間強い雨が降り続いた。

ピアノのレッスンに出かけようとしたとき、久しぶりに陽射しが洩れてきた。歩いていくつもりだったが、思いついて自転車に変えた。

〈トルコ行進曲〉は、自分でも分かるほどまずい出来だった。「おじいちゃんが亡くなったといってもも少し元気に弾かないとね」と大沼先生はどこか引っ掛かる声で言った。「スタッカートがまるでテヌートじゃないの」ともこぼした。それは少し酷い言いようだと思ったけれど、元気に弾こうと思うと、怒ったような調子になってしまうのだから仕方ない。

タイミングがよくないのを承知で、「二声のインヴェンション」が習いたいのです、と持ち出してしまった。

「へー、バッハねえ」

と先生は考え込んだ。

「バッハはもっと大人になってからが、いいんじゃないかしら。人生も終わりに近い人にしっくり来そうな感じね」

変な言い方、これは先生の偏見だと思ったが逆らわなかった。イ短調の十三番が特に好きと話したとき、「そう、まったく、イ短調な子ね」と先生は笑いながら言った。どんな意味を込めたのだろう、雰囲気としては分かるような気がしないでもないけれど。

「真央子ちゃんは少し若さが足りないのよね」

これもよく分からなかったが、若さなんてむずかしいことだから黙っていた。ついこの間、祖父が話していたことを思い出した——若いころは、こうじゃないといかん、と自分でこだわって苦しんだことが多かった。結局自分の考えに縛られてじたばたしてるんだ。何かに熱中して頑張ることと、とりこになることとは別だ。自分を突き放して、いつも柔らかい心で見ることが大切だ。──

結局これからどうするのか決まらないままこの日はうやむやで終わってしまった。

中途半端な、気力のない憂鬱な気分を抱えてゆっくり自転車を漕いだ。白石橋の上で増水した流れが目に入った。いつもは乾いた白い河原ばかりなのに、今日は川全体が濁流で一杯だ。ミルクコーヒーの色と同じ、凄い量、などと思いながら自転車に跨がったまま欄干に手を置いた。

上流からなにか流れて来る。青緑の服を着た人がごろんごろんと浮き沈みしながら流されている、と思った。自転車から身を乗り出して見つめた。回転しながらぐんぐん近づいて来る。それは人間よりも大きな、なにか葉っぱのついた樹木のようにも見える。橋の下に来るまで真央子は視線をそらせなかった。濁流が真下に視野一杯になったとき、突然橋全体が上流に向かって走りはじめたのだ。真央子の頭が急に重くなった。体が濁流の方につんのめる。サドルが向こうへ倒れて行く。その時、橋の歩道を歩いていた老人がそれを見た。「おーっ」と叫びながら走り寄ろうとした。

しかし彼は杖をついていた。脳梗塞かなにかの後遺症か右半身を引きずっていた。杖を放り投げ、転がるように真央子に飛びかかった。距離がありすぎた。真央子の体の重心が欄干の外に出た。真央子の右腕が照明灯の柱にかかった。同時に老人の左手が真央子の足首を捕まえた。

「ばかやろう！」と大きな声がした。

「なんで死ぬんじゃ！」

欄干の袂に崩れ降りた真央子の眼前に、老人の大きくて白い顔があった。

死ぬつもりはなかった、と幾ら説明してもそれほど年をとってはいないその老人は納得してくれなかった。真央子も思った。ずっと面白くなかったのだから、死んでいたっておかしくもないのだから、そう見えても仕方ないだろう。

老人は顔を紅潮させながら、どこの子だ、名前は、何年生だ、どうしてだ、と次々に詰問した。説明しても納得してくれないのだから名前など言いたくもない、とは思ったが、真剣に心配してくれていることはわかる。

「五年生、一ノ瀬真央子」、小さな声で答えた。

「おじさんを見ろ。これでもまだ生きてるんだ。社会のお荷物になるって分かっていてもな」

夕陽が、低く垂れた黒い雲の合間から洩れていた。下流の方、橋の向こうの流れがまばゆく光っていた。濁流が踊るように波立ちながら騒ぎ下っている。今頃あのあたり、わたしが流れていたのかもしれない、などと思いながら老人の声を聞いていた。

「お家はどこだ？　え？」

真央子がまた黙っているので、さっきからその質問が繰り返されていた。これは面倒なことになった。母のつり上がった目ときんきん声が思い浮かぶ。も一度弁明を試みる。やはりだめ。こんな沈んだ不景気なわたしの顔では駄目なんだ。キャラキャラ頓狂に笑い声あげておどけて見たいけど、そんなものもう何年間もやったことがない。

自転車を立ち上げるついでに、転がっていた杖を拾ってあげた。やはりお礼は言わなければならない。でも思い込みを押しつけられてはたまらない。わたしの心が言葉で伝わらない。分かってもらえなければ逃げるだけだ。

思いついたことを真央子は実行した。老人は何か叫んでいた。うしろめたさは出来るだけ早く捨て去った。それよりも自転車を走らせながら考えねばならなかった。どうして急に頭があんなに重くなったのだ。祖父が呼び寄せたのではないだろうか。きっと孤独で退屈しているのだ。

水たまりを避けながら走っていても、ときどきよけきれずはまってしまう。そのたび、赤黒く夕陽に染まって水に映っている雲の姿を蹴散らして行く。

エアコンを入れて勉強しなくても、夜間はそれほど暑くなくなった。

窓を開けると以前よりもずっとはっきり「おー、おー」と呼ぶ声が聞こえる。

二階の窓から真央子は西の方角に耳を澄ませていた。あの世から呼んでいる祖父の声にしては大きくて低すぎるようにも思える。単調な笛の音のようでもある。いつか機会を見て探してみようと決心した。

母が職員会議とかで遅くなった日、父と弟は家にいた。懐中電灯とおやつのキャンディーをもって黙って勝手口から出た。

その声は道路に出るとすごく聞きにくくなる。大体の方角は確かめていたのでどんどん西の方へ歩いていった。

住宅地の下り気味の舗装道路が公園の向こうでカーブする辺りまでやってきた。真央子にははっきり分かった。これはその先にある農業用の古いため池だ。そこまで分かれば明るいときやってくればいい。もっとそばまで行きたい気もしたがあっさりと引き返した。少し怖かったから。

次の日曜日、真央子はひとりで池の土手に座っていた。一ヶ所だけ柳の木の下が日蔭になっている。昼間はやはりあんな声はしないのか、と思いながら半分くらい葦の繁みが占領している池の中を眺めていた。

「チー」と声を残し、目の前をカワセミが一直線に横切って行く。風がほとんどないのに葦の数本が揺れている。

よく見ればそこに、黄土色をした細長い鳥がいた。それも葦の茎を両手に、いや両足に別々に握って股をはたかった恰好で苦しそうにしている。首をずっと上に延ばしてなんとも奇妙な姿勢だ。思わず真央子は笑ってしまった。その声に驚いたのか、すっと羽を広げて飛び立ち葦の中に入っていった。

羽の縁の黒いところと体に近い黄色っぽい部分が目立った。すぐあとにまた同じ所に出てきたので、先程のものかと思っていたら、次々とあちこちに四羽も姿を見せた。

もっとたくさん葦の中にいるのではないだろうか。暑さの中、我慢して真央子は長い間その土手にいた。黄土色のその鳥以外に、嘴の先端が真っ赤な、体の黒い、これは祖父に昔教えてもらったバンという鳥がいた。小さな子供を連れているものもいて、十羽以上はいた。

ツバメはうるさいくらい飛び交っている。でもその一羽の動きを追って見ると、気持ちよさそうに流れるようなターンを繰り返す。ときどき「ツピツピッ」と得意気な声さえあげている。あの「おー、おー」という声はどこからも聞こえなかった。


二学期の始まった最初の日、掃除の時間、廊下にいた真央子の前を久美ちゃんが運動場へ急ぎ足で出ていった。すぐに後を追って吉川の則男ら三人が走っていった。またやってる、と言いながら真央子も急いで外に出た。

吉川則男の家は八百屋だ。すぐ近くに大きなスーパーが出来た。久美ちゃんのお父さんの勤め先はそのスーパーとは全然関係がないのに、会社の名前が似ているというだけで三人が意地悪を始めたのだ。

久美ちゃんは、ものを言うとき舌が少しもつれたようになる。みんなは舌が短いからだというが、本当は長いせいらしい。真央子はそのしゃべり方が好きだ。可愛くて魅力的だとも思う。でも馬鹿にしたようにいう子もいる。

どうしたのか、久美ちゃんは鉄棒の下の砂場にうつ伏せに倒れていた。そこに三人は砂をつかんで投げつけようとしていた。

「よしなさいよっ！」

真央子は大声をあげながら箒を振り回して走った。一瞬頭の隅で、この声は母のあのきんきん声だ。それに箒に乗って飛んでいくのは魔法使いのおばあさんだ、などと思った。

久美ちゃんの口の中に、砂が入っていた。泣いてはいなかった。急いで洗面所に連れていった。うがいをしても久美ちゃんはいつまでも「ペッ、ペッ」と気持ち悪そうだ。真央子はチューインガムを二つ取り出す。

「一つは軽くかんでね。それ出してからつぎ、も一つあるから」

完全に忘れていたのではないが、はっきり思い出さないわけにいかなかった。あの日、砂をかまされていた真央子を同じように助けてくれたのは祖父だった。

確か二年生のときだ。祖父のくれたワッペンは、兎や蝶々、コアラ、兜虫、チューリップの花などいろんなものが入っていた。学校でうれしそうに皆に見せていたら、誰かが久美ちゃんのランドセルに貼ってやろうと言った。久美ちゃんのあだ名が「スズメちゃん」だったから、真央子は迷わず雀のワッペンを選んだ。

それがもとで翌日、大騒動となった。

夕方、学校から帰った母は、いきなり真央子を強引に四、五軒向こうの久美ちゃんの家に連れて行った。

玄関に出た久美ちゃんのお母さんは、ピシャッと扉をしめ、あからさまに錠を掛ける音を響かせた。母はかまわず、庭の方に回った。居間の外の砂場に真央子を土下座させると、「謝りなさい！　謝りなさい！」とヒステリックに繰り返した。真央子にとってこれはどういうことなのか、全然分からなかった。

久美ちゃんのお母さんは部屋の奥から見ていた。母は嫌がる真央子を無理やり砂場の砂に押しつけるようにして、同じ言葉を喚いていた。真央子が頭を上げようとすると、耳をつかんで押しつけるのだ。卑怯なやり方、と思った。なによりも謝る理由が分からない。

砂場の砂は、犬の糞なのか猫の小便なのかいやな匂いがした。真央子はたびたび頭を上げようとした。その度、耳をつかんで押しつけられた。母だけが叫んでいた。その剣幕に驚いたのか、お母さんの後ろに隠れるようにしていた久美ちゃんがいきなり泣きだした。真央子は我慢できなくなった。大声をあげて泣いた。思いっきり叫んでやった。

濡れた顔に砂が一杯ついた。口の中に砂が入った。それでも母はまだ喚いていた。母も確か泣いていたのだ。

急に真央子の体が宙に浮いた。門の方に浮かんだまま移動する。祖父が真央子を抱え込んで走っていたのだ。

家に帰るとうがいをさせ、気持ち悪がっている真央子にガムをくれた。帰ってきた母は祖父と言い争っていた。真央子は祖父の部屋で、気分が悪くなって嘔吐した。

なぜ叱られたのか、謝らねばならなかったのか、いつまでも真央子には分からなかった。祖父も黙っていた。その晩、真央子は祖父の部屋で寝た。

その日のことを理解できたのは、つい最近のことだ。真央子はほとんど忘れていた。遊園地の砂場で父が話してくれた。

久美ちゃんのあだ名「スズメちゃん」は、舌が回りにくそうなしゃべり方から「舌切りスズメ」が由来だったのだそうだ。それをみんな短く言ってたのだ。

あの日、久美ちゃんのお母さんは雀のワッペンの付いたランドセルを持って校長先生のところへ怒鳴り込んで行った。

「あんな躾で教育者が務まるのですか。そのような教職員がいることは恥ではありませんか」などと、ＰＴＡの役員としても、きつく校長先生をやりこめたらしい。そして母は校長先生から叱られたのだ。

父は言った、「久美ちゃんのお母さんとは仲が悪かったからな。お前たちはずっと仲良しなのに」

洗面所から出て、栴檀の木の下のベンチに座った。掃除の時間は終わっていた。久美ちゃんは明るい顔をしている。真央子の方が真剣な表情だ。

「久美ちゃん、おぼえてる？　昔、うちのお母さんと謝りに行ったこと」

「おぼえてるよ」

相変わらずのもつれる声でいう。

「ごめんね。なんにも知らなかったから」

思い出したばっかりに涙が出る。

「わたしね、真央ちゃんの方が可哀相だった。あんなに叱られて」

真央子はまたつらくなる。

大人っていろいろあって大変なのよ、と久美ちゃんは言う。自分の親でも好きになれないところいっぱい、とも言った。

「多分ね、あんな日は〈お月さん〉が関係してるのよ、きっと」

「そうよね、わたしたちだって、その前はいい気分じゃないものね」と真央子。

「更年期障害というのもあるでしょ」と言うと、「まさかそれはまだなんじゃない」と久美ちゃんは笑った。

「大人になるってつまらないって思わない？　なんか、いいことあるかしら」

真央子もちょっと考えてみる。

「あのね、わたしふっと死にたくなるのよ。だっていやなこと多すぎる」

久美ちゃんの言ったことが自分の言葉のような気がして真央子は驚いた。

秋分の日、母が真央子の部屋をのぞいて「今日、いよいよね」と言った。「今日？」と真央子はけげんな顔で応える。

「ピアノでしょう。今日、入るって言ってたの忘れたの」

そうか、アプライトピアノ買ってやるからと、随分前に聞いていた。居間に置くことになってたから自分の部屋に関係ないことで、すっかり忘れていた。両親には悪いと思うけれど特別のうれしさはない。

「今日、やっておかないといけないことがあるの」と言ったら、母の表情が歪んで唇が少し震えた。「そう」と言って降りていった。


古いため池の土手に座って真央子は待った。

葦の茂みを見つめていた。やはり現れた。ユニークな恰好で揺れている。まん丸の小さな黒い瞳がひょうきんに動く。何という鳥なのだろう、名前が知りたくなった。誰か大人に訊けば分かるだろうか。でも、鳥なんか見てる大人がそういるとも思えない。学校の理科の先生、と思いついたけれども、うちの母を見ていてもそんな余裕はないようだ。みんな人間のことで手一杯なのだ。魚の名前などは相当詳しいと思うけれど、あれは食べるためだ。お洋服になると、同じようなスーツなのにフランス語かイタリア語か、舌のもつれそうな名前よく覚えている。父はお酒の名前にうるさい。飲んでるからだ。

「おじいちゃんがいたらすぐわかるんだけどなぁ」と真央子はつぶやいた。

頬杖をついてずっと池の中を見ていた。バンの親子が土手の近くまで泳いで来た。ときどき親鳥が「キュルル」と短い声を出す。黄土色の鳥もたくさん現れるようになった。ときどき飛び交ったりして葦原の中で遊んでいる感じだ。カワセミだってすぐそばの小枝に来て、そこからダイビングして魚を捕って見せた。

真央子は鳥たちと少し友達になったような気がする。生き物たちが、ここにいるわたしを認めてくれている。この、体がとろけそうなふっかりとした気持ちはなんだろう。浮遊しているような気分だ。ふと、祖父の書棚に図鑑が並んでいたことを思い出した。

家に帰ると、母がピアノを弾いていた。学校の唱歌だ。やはりいい音がする。調律されたばかりなのだろう、しっかりした音程だと思う。真央子を見るや母は、さあ弾いてみなさいと言った。

「ちょっとお友達と約束があるの、あとで」と言って二階へ上がった。

新しい友達なんだから大切にしないとね、などとひとりごとを言いながら本を捜す。

背のところがビリジャン色、白抜きの文字で『野鳥観察ハンドブック』とある、これがいい。

出かけようとすると母が、もうすぐお昼でしょ、と言った。今日はパス、と答えた。その代わり自分でパンと缶ジュースを用意した。

「出かけるときは、行き先ぐらい言いなさい」と母の声がきつくなる。共働きの家にそんな掟はなかったはず。「そこの住宅地の土手」とだけ答える。

図鑑を開く。「姿の検索早見表」を見る。

〈池川湖沼アシ原〉の「夏」のところ。あの黄土色の鳥はすぐに見つかった。

名前は「ヨシゴイ」、学名イクソブリュクス・シネンシス（葦笛を吹き鳴らすもの／中国産の）とある。

〈鳴き声は、オーオーと低くうめくような声で、人の声と間違えられることがある。かつて草深い土地では、大事な人や恋人を亡くしたものがその声に囚われ、後追い死したとの記録がある〉

――

そうだったのか、この鳥の声なのだ。誰かの化身？　それともこの池の主？　まさか人の声を真似して生きているのではないだろう。でも確かに人の呼ぶ声そっくりだった。

生き物にもいろいろあるのだ。いつのことだったか祖父が〈世界〉といったらどういうものだと思う？　と真央子に質問したことがある。そのとき地球儀やテレビのニュースなどが思い浮かんだけれど、うまく答えられなかった。

あの日祖父が教えてくれたこと――虫も鳥も、土も風も、それにバクテリアもウイルスも、そんなものみんな全部で世界なんだ。分かりきったことだけどね。大部分の人間は、人間のことしか目に入らない。せいぜい猫可愛がりするペットを見つめるくらいだ。自分たちだけが〈世界〉だと思っている――。

言葉に頼らなくても、お互いに認め合って友達になれる、それが世界なんだ。今しがたキチキチキチとバッタが一匹、頬をかすめて飛んで行った。真央子の左側では薄紫の五弁の花が揺れている。この花も友達に加えよう。昆虫図鑑も、植物図鑑も必要だ。

担任の先生が「一ノ瀬さんはお友達が少ないようね」と言ったことがあった。そうかも知れない。友達ってグルになることじゃないんだから、今の学校では無理なことだと思う。協力よりも競争の場だってこと誰でも知ってることだ。

第一、先生からして窮屈そうで、忙しくていじけているようではないか。大沼先生はついこの間、真央子の「二声のインヴェンション」を聴いて言ったものだ。「ぞくぞくする感じね」。でもそれは誉め言葉ではなくて正確には「ぞっとする感じね」という意味だったのだ。確かにわたしの弾き方には冷たいところがあると思う。

これから帰ってピアノを弾かなければならない。母に、「ぞっとする」インヴェンションを聴かせてあげよう。おじいちゃんが呼んでる、などということはもう言うまい。この鳥のことを話す必要もないだろう。でももちろん、あの声が聞こえたら、やはり祖父が呼んでいることにしよう。葦の笛で慰めてくれていると思えばいい。今までなんとなく避けていたフォーレの「レクイエム」、そしてモーツァルトのそれも、心をこめて聴いてみよう。

真央子は図鑑を抱いて立ち上がる。その胸に、つつましく弾むようなあの旋律、アルビノーニのオーボエ協奏曲がこみあげていた。

冬野の頬白

霜枯れの茅の原に午後の陽射しが暖かい。伯父の葬儀が始まった朝は、結露した水滴が窓ガラスの下部に氷結していた。十二月にしては意外に早い寒さが来た。

棚田の幾つかが放棄され、少しだけ茅の領域が広がった気配があるが、この谷あいの斜面はいつ訪れても昔と変わらない。

あの頃、あの鳥はそんな鳴きかたはしていなかった。——丁稚（でっち）の頭、かちくりまわせ！　丁稚の頭、かちくりまわせ！

私の頭がたびたび殴られるようになったのは、丁稚奉公に出てからである。もちろんそれまでに、がき大将と喧嘩をして大きなたん瘤を作ったことも少なくはない。無抵抗のまま、パカンとやられっぱなしに叩かれるのも、時計店の職人となるための仕事の一つだったといえるだろう。

今となっては、職人特有の気難しさやこだわりが懐かしく思われないでもない。殴るほうも殴られるほうもほとんど存在しなくなったようなこの頃の店のことを思う。

冬季には「かちくりまわせ」とは言わない。彼らは「チキチン、チキチン」と小声で合図を送りあい、茅原や灌木の間で密やかに日々を送っている。小春日の、その声に私は会いに来る。小さい時からの、習慣になってしまっている、といっていい。

誰か右手の山あいから下ってくる気配がした。石垣の角を回って現れたのは女性のようだ。大きな籠を背負っている。逆光に目を細めていると、声をかけられた。

「やっぱり、博志ちゃんか、そうやろ思うた」

北畑蘭子だった。

「わたし、おぼえとる？」

なにを言うか、その浅黒い顔が忘れられるか。それに五、六年前に同級会をやったばかりじゃないか。

「きたはたのらんこちゃん、いや、まさおかのらんこちゃん、俺の憧れの人じゃ」

「ようまあ、博志ちゃんもそんなことが言えるようになったんやねえ」

少し四角めの、中学の頃の〈下駄〉というあだ名を思い出させる顔、以前に比べればずいぶん色白になったのではないか、と思いながら蘭子を見る。

「この上の畑、まだ作っとるんか？」

蘭子は、よっこらしょい、と重そうな籠を道ばたに下ろしながら答える。

「これ見ちゃってや、大根がようでけるんよ。じいちゃんばあちゃんも大儀がるんでね、ちょっと採り入れ、遅れたんよ」

籠の中には、ほっこらと心の内にこもって来る土の匂いを放ちながら、大振りの大根が重なっている。

「元気なんか？　ふたりとも」

彼女にとって舅、姑である。元気でも弱られても困る間柄といっていいのだろうか。

「足腰はだいぶん弱んなはったわい。うちにはようしてくれるほうやけんといいたいとこやけど、ま、農家の嫁やけんね」

中学の三年間、蘭子は私にとって、ほとんど意識に上らない同級生だった。おとなしくて無口、そのうえ学業も中くらいだったのだろう、目立つ所はなにもなかった。ところがあの日からは、特別の級友になってしまったのである。ただそれは私の意中においてであり、彼女が気づいているはずのものではない。

「うちへ寄って、お茶でも飲んでいかん？」

腰を下ろした蘭子は真っ直ぐ前を向いて言った。正面の櫟林は、すっかり白っぽい茶色にくすんでいる。その明るさが顔に映え、またまた、色白になったものだと思わせる。

「勇さんがおるやろが」

「あの人は、いま韓国。農協のツアー」

「なんで一緒に行かんのかい」

「今頃、羽根のばしとるやろな。百姓は毎日毎日一緒なんやけんね。うちは去年行ってきた」

夫の留守中とあらば、よけい遠慮しなければなるまい。

「博志ちゃんは、うちに沢山手紙くれたけんね」

暇さえあれば書いた覚えがある。あれはS市に出たばかりのころ、級友誰彼なしに書いたものだ。それも一年くらいで止まったような気がする。

「今でもうち、よう覚えとるよ。太郎丸では、みんな泳ぎよるんかとか、学校の裏山——ここのことよね——は変わったことはないか、いつもそんなことばっかり、よう書いちょったわ」

誰にでも出していたのだとは、ここで言うわけにはいくまい。ただ彼女から返事が来るたび、ほっとしていた。蘭子が元気でいることが、私にとって大事なことであった。

あの頃のことをいま話しても仕方ないような気がする一方、いつかは知らせておきたい思いが、重苦しく胸の底にうごめいている。

「大政の高ちゃんから、この間電話があったわい。あの子と会うたりするん？」

大政高子も同級生だ。S市では消費者団体の活動家で名が通っている。おそらくまた選挙のことで電話してきたのだろう。

「俺は旗色はっきりさせたけん、最近は何も言うて来ん」

「あの子、結婚はしたんやろ？　大政名乗っとるんは別姓運動もやっとるん？」

それはどうだろう。結婚相手の安井某はS市では高級官僚らしい。〈安井高子〉では矛盾した響きだということか、気にしなければなんということもないけれど。

「博志ちゃんは、てっきり高ちゃんと一緒になるじゃろとのことやったのに、わからんもんやなァ」

S市に出ての数年、助け合って来た仲ではあった。今思えばただの同郷のよしみだったのか、私は十分値踏みされた後、振られた。高子にとっては、田舎出の私などより大学出の安井なんとかのほうが、はるかに賢明な選択であったといえよう。いままで私はそれを残念に思ったことはない。おかしなことだが今は、蘭子に会うたび、この子と結婚していたら…と少しだけ夢想する癖がついてしまった。

ひとの後ろから歩いて来るような控えめな、おっとりと何かを秘めた落ち着き、昔はどんくさく見えたそれらが、年を重ねるほど色気のようなものさえにじませて来る。心やすませる潤い、とでもいえるのかも知れぬ。

「高ちゃんね、消費者運動のこと、いろいろ言うちょった。女がもっと社会に対して注文をつけるべきだとか、そうそう、うちのように引っ込み思案は、恥をかくのを恐れて恰好つけちょるに過ぎんのじゃとか、あるがままの自分をさらけ出したら友達も増えるんじゃとか、自尊心がどうとか、相当長電話やったなぁ」

高子の主張は今に始まったことではない。数年前、消費者団体の派遣でヨーロッパ視察をしてからは特にひどくなった。マスコミをうまく利用する術も覚えたのかも知れぬ。そんな高子らの運動は、心置きなく消費生活を享受するための、彼女ら自身にとっての心理的な免罪符か安全装置のように思えなくもない。「消費」と「運動」とが余りに連動している、というより、彼女らの運動は消費そのもののように見えたりする。そんなこんなで、革新を名乗るものほど爛熟した消費社会を享受している、と私は確信するようになった。彼らには伝統の保守という制御装置を備える必要がないからだ。見るからに気楽なものだと思う。

「蘭子ちゃんは、どう言うてやったんぞ。あんなパアパア生活に」

「うちなんか、ずーっと忍の一字やからね。なにも言うことあらへん」

忍といえば、私も同じだ。小さな時計店を開くことは出来たが、今なおその一字の毎日といっていい。小店舗が大型専門店にかなうはずもない。

「この時計、どう思う？」

左腕の時計を蘭子に見せる。

「うーん古そうやけど、高級品なんやろ？」

「お客さんのものや。修理に出したまま取りに来ん人のもの、何百も、もう数えられんほど溜まっちょる」

「新しいの買うたほうが安いいうわけやねぇ」

お客様のものなのだから処分してしまうわけにもいかない。もったいない話だが、もったいないという言葉自体が、使う場所を間違えるとしらけてしまうご時勢だ。死語とまでは行かずともやがては消えゆく老人語ということなのか。

本来の持主に帰る望みのない時計たちを、こうして供養しているようなものである。愚痴のようではあるが、現状を認めないわけにもいかない。すなわち時計屋だけでは食べていけぬ。ネックレスとかピアス、指輪、ブレスレットなど、それも学校や生協などを頼りに、足で稼ぐほか生きる道はない。

「飽食の時代は宝飾だぜ」

と私がいえば、蘭子は、農家やって同じようなものよ、と言った。肉牛は止めた、野菜も止めた。出荷するほどのものは規格がうるさくて小規模農家では面倒見きれぬ。世の中変わるの早いねえ、と暗い顔も見せずに言う。

「今は菊なんか作っちょるんよ。花卉農家というやつ。ビニールハウスでもいろんな花やってってね」

「そうか考えてみれば、花も、やっぱり宝飾の一種やなあ」

「見かけだけは、世の中きれいになるんよねえ」

谷の奥は日陰の紺色を伸ばしている。冬枯れの草むらが、たじろぐような揺れを見せる。微かな谷風が生まれているのだろう。

「長話しちょっていいんか？」

蘭子は、それには答えず、質問した。

「博志ちゃんは、ここが好きなん？　子供の時から、よう座りよったねえ」

彼女はどこから、見ていたのだろう。

「山の畑からも、下のうちの田んぼからも見えるけんね、ここは」

それだけいつも野良に出て働いていたのか。ぼけっとしていた私とはえらい違いだ。

「一人だけ、くらいには秘密を漏らすかの」

蘭子に話しておきたい胸のうちのものと、つながりがあるわけではない。ただ彼女と共有しているものがなければ落ちつかないという自分を意識してのことである。大げさな話ではない。

「誰にも言わんけん。ここへ来ても、その権利は守るけん」

それほど期待されても困るのだ。

「聞いてがっかりするぞ。あそこらに、チキチン、チキチンとか、チチチッ、チチチッとかいうて、ときどき四、五羽が飛び移ったりしとるのがおろ?」

「うん、頬白やろ」

「よう知っとるの。簡単に言って、その声に会いに来るだけよ、なんかきざやけど」

ふーん、と言っただけで、あきれたのかどう思ったのか、蘭子は黙って茅原を見ている。事実としてはそれだけの単純なことなのである。気抜けしたような頼りなさは、そう言った自分の胸中にも残る。

しかし蘭子は、頭を軽くうなずかせながら、何かに思いを巡らせているようだった。そして小声でいった。

「地味な鳥よねえ。茶色い野良着着て、いつも地べた這いずり回っちょるような、丁度うちみたいなもんやねぇ」

そういっていいのだろうか。その寂しいくらいにありふれた目立たないもの、そのしめやかさが昔から自分を引きつけてきたのだと思う。時代が派手になればなるほど、その魅力が際立ってくる、と私は我ながら感じ入っているのだ。だからさっき、憧れの人や言うたろが、と口から出かかったのだが、今そんなに軽く茶化すときではない。蘭子が目を細めて言う。

「ほんでもなあ。春になったら木の天辺で一日中、派手に囀りよるよ。〈一筆啓上仕り候〉いうてね、知っとるやろ？」

私は、あれは〈丁稚の頭、かちくりまわせ！〉と鳴いているのだと主張した。

「えーっ、誰がそんな聞き做し考えたん？　まさか博志ちゃん？」

蘭子は頓狂な声をあげた。

私ではない。丁稚奉公のころ、その家の三つ年下の息子が言っていたのである。それをきいて彼女は、固いものを喉に詰まらせたように黙ってしまった。

この聞き做しの率直さに私はわびしい思いを同居させながらも、妙に感心したものだ。能無しの丁稚にかんしゃくを起こした雇い主の気分がよく出ているというほかない。のどかな晴々とした春の野に出てもイライラしている人がいたのだ。あるいはうまくいかぬ商売の、八つ当たりであったのかも知れぬ。

蘭子は口調をかえていった。

「うちの息子なんかね、〈学校もいやじゃ、塾もいや〉〈あっちへ行けばこっちじゃという〉〈俺らの脳みそ、チャランポラン〉〈父ちゃんの頭、白髪だらけ〉〈母ちゃん若い、まだはたち〉まだまだ一杯あったけど、もう無茶苦茶に作ってふざけちょったよ」

これはなかなか面白い。十分にユニークな息子ではないか。

そして彼女は「頬白は春になるとまるで別の鳥のようじゃね」とつけ加えた。

梢の先端で囀る春の姿は、いかにも力に満ちて晴れがましい。

いま、足もと数メートルの茅の中に来て、カサカサと微かな音をたてている。私らがほとんど身動きもせず枯れ草のそばに座っているせいだろう。小さな流れを潜ませた茅原の、向こう岸の一群が、チキチン、チキチンと密やかに鳴き交わす。

「H村の伯父さん、亡くなったんやてね」

今まさにその葬儀の帰りである。機会があれば私はここに来て座り込む。あたかも座禅の場所のように。

「去年は伯母さんが亡うなった。食料難の頃、母は五人も子供つれて、よう里帰りしよった。今思えば向こうにも子供が六人もおったんじゃけん、伯母さんには迷惑なことじゃっとろに。生前になんでお詫びやお礼を言わなんだか、今になって悔やまれてしょうがない。親に先立ったその長男の墓参に寄ったときやった。部屋の隅に小そうなって控えちょられた姿が忘れられん」

と、私はつい、こんな話すつもりではなかったことを蘭子にしゃべっていた。

「それは博志ちゃん、お墓へ行って言うてもいいことよ…」

彼女も意外な返答をした。

「うちなんか、父ちゃんにはそうして話して来たけんね。去年三十三回忌すませたとこ」

そうか、あの日からもう三十三年目がやってきたのか……。

——あの日、桜の蕾は大きく膨らんでいた。中学を卒業するという時だった。勝也の家の庭、大きな桜の木の下で、勝也と巣箱作りに熱中していた。昼飯前に仕上げて、午後は裏の山に架けに行こうと焦っていた。

突然、カラカラカラカラドーン！　という、聞いたこともない大音響が聞こえた。真夏の夕立に鳴り響く雷鳴に似ていた。しかし空は晴れ渡っている。庭の向こうの棚田を数枚越えたその向こう、河岸段丘から切れ落ちた谷あいの方角だった。

勝也と走った。道路へ降りた。道路を右へ走る。砂利に足をとられそうになりながら走った。ゆるやかな右カーブが左へ戻って直線となったあたり、その雑木の並びの一部分、そこが異様な雰囲気でいつもと違っていた。二人はそこから覗き込んだ。トラックだ。トラックが川底に落ちていた。あたり一面、孟宗竹の束やバラバラになったものが散乱している。竹工場のトラックだった。

いきなり体が落下して行く錯覚におちいる。冷たいものが爪先から全身に逆流する。両足が震えた。この深さは、何十メートルあるのだろう。〈おれは絶対、自動車の運転手にはならんぞ〉と心の中でつぶやいた。

どれほどぼんやりしていたのか、

「こらーっ、お前ら降りてこーい！」

という声に我にかえる。川底からだ。

「早よ、手伝えーっ！」

勝也と二人、川下にまわり、畑に降りる小道を下る。

浅い水の中を渡ってトラックに近づく。孟宗竹の束や千切れとんだものが邪魔になる。この近くで農作業をしていたのだろう、見覚えのある小父さんが二人いた。一人はこちらへ駆け戻って、掘建小屋へ走って行った。

そばのたたみ一畳ほどの岩の上に、赤茶色のものが乗っかっていた。カボチャの割れたものかと思った。

「人の頭じゃ」

勝也が、おそろしく低い声で言った。

そのころには、自分でも不思議なくらい肝っ玉が座った、との思いがあった。救援隊の心理というものなのか、しっかりとそれを見た。確かに人の頭。そう思ってみても、ふとカボチャの割れたものに見えたりする。あまりにもよく似ている。しかし鼻があり口がある。

あたりはなんと静かなのだろう。上流のほうに目をやれば、浅瀬の岩が黒く濡れ、まばゆい日の光を跳ねかえしながら澄みきった水が流れ落ちている。遠くで鶯が鳴いている。蔓葦（つるよし）の葉がわずかに揺れている。暖かく穏やかな日だ。

小父さんが後ろから帰ってきた。戸板を一枚運んできた。

「坊ら、すまんの、手伝うてや。この人はまだ息があるんじゃ、急がんとの」

孟宗竹の散乱の中から顔を上げた一人が言った。

四人がかりで運び出そうとしたとき、その男が右手にしっかり、折れた木の枝をつかんでいるのが分かった。かなり大きくて長い。葉っぱもついたままのもの。落下の時つかみとったのだろう。指を開いて取りのけようとした。とたんに男は、うなるような声をあげはじめた。犬の威嚇の声に似ている。指が固まったまま開かない。そのくせ腕全体は、ぐにゃぐにゃと頼りなく柔らかい。

小父さんらは何かつぶやきながら、握らせたままの枝を足で押さえつけ、短く折りとって行った。戸板に乗せたとき判ったのは、男の頭、左半分のほとんどが、ぱっかりと削られていたことだ。ただ骨が飛び去っただけで、中身は、白っぽく、赤い部分を散りばめてきれいに残っていた。

四人は、散乱した孟宗竹の上を越え、よろめきながら川岸に向かった。

道路までの、狭い小道の登りが一番苦しかった。肩や首筋に、なにか液状のねばいものが、流れ伝って来た。黄色とも透明ともつかぬ言いようのないものだった。

道路にあがったとき、男の唸り声は、意味の分からない言葉に変わっていた。大きな声だった。そして、「ラララ、ランラン、ラララ、ラン、ラン」と、まるで歌でもうたっているように叫ぶのだ。私はその〈歌〉に無性に急かされる気分に陥ってしまう。

一キロとは離れていないところに医院がある。そこまで道路を急ぐ。歌うたいを担いで行く息せき切った四人の男、傍目には奇妙な構図だったろう。村人が何人も集まって来た。途中で四人は、他の大人に交替してもらった。

私らはまた、あの川底に引き返した。

岩の上に頭蓋の飛んだ男はもちろん駄目だった。首のない体はあまり見たくなかった。もう一人の男も、内臓が飛び出していた。黄色や白い部分が多いものだ、と私は何の感慨もなく眺めた。

運転席の隅っこに、座布団を押し込んだような恰好で、頭から血を流した男が丸まっていた。うめき声が聞こえる。

「これは助かるぞい」

と、二人の大人は言った。ほかの大人たちが川底に次々と降りてきた。

「坊ら、もう帰れや。悪かったのう。早よ、風呂にでも入ってくれや」

私らは放心したありさまで、道路にもどった。大勢の村民が、うろうろと慌ただしげに往き来していた。珍しいものを見るように、二人に何か話しかけたげにする者もいた。勝也と私は、無言のまま勝也の家の風呂場に向かった。

それから確か二日後のこと、勝也と私はあの日の小父さんの家に呼ばれた。もう一人の小父さんも来ていた。

「あんなことを手伝わせて、まことにすまなんだ」

と、しきりに謝りとねぎらいの言葉を繰り返しながら、好きなだけ食べていいぞ、と飯ぼうごとお寿司を出してくれた。そして、「見たことは、あまり他人にしゃべらんほうがいい」と言われた。「出来れば早く忘れるほうがいいじゃろ」と言ってくれたのである。「あんな真っ直ぐなとこでのう」と小父さんらは話していた。

そして、あの日、トラックに乗っていた四人は毎日働きづめだったらしいこと、四人のうち、運転手だけが存命、助手席の二人は即死、工場の人だという、荷台の孟宗竹の上に乗っていた私らの運んだあの男は今朝亡くなったと教えられた。その男の名は北畑寛蔵――蘭子の父であることを初めて知った。

その晩、私はふいに思い出したのである。あのランランランというのは、蘭子のことだったのだ、父は娘を呼んでいたのだと。胸の上に鉄板を押しつけられたように息苦しく、私は何度も何度も繰り返し布団の中で思い起こしていた。

あれからもう三十三年目なのである。その間、あの日のことを、あの「ランランラン」を、蘭子に話しそびれて来た。ずっと今まで、おそらく年に数回はそのことを思い出していた。それは突然関係もない場面で甦ったりした。勿論、頰白の密やかな地鳴きを聞くときはいつも――。

「うちね、気が向くといつも父ちゃんのお墓へ行ったんよ。母ちゃんに笑われるくらい。お嫁にいってもそれは同じやった。なんせ、近いけんね」

あの日のことを思い出すたび、私は蘭子はどうしているのか、と考えた。月日を経るほどに、そのことしかあの事故の記憶は意味を持たなかった。運転手にはならないぞとの決意もすっかり消え失せ、私は4WD車でずいぶん危険な林道走行すらやっている。

「忙しい野良仕事の合間にも、黙って行かしてもろたもんと思う。なんか、こう気分が落ちつくんよ、なんとなしに元気になるような気がするんよ」

蘭子は、この村で長年、そうして暮らしてきたのだ。私が頭を殴られていた頃も。所帯を持ち、店を持ち、子供を育てながらときどきあの日のことを思い出していた時も。

「そんなうちの生活やから、とても高ちゃんのような元気な生き方には縁のないことよね。多分うちは、相当に陰気な女ということやろね」

あの日の父親の〈歌〉を知って、蘭子は果たしてどう思うだろう。ただ生々しく昔が蘇るだけかも知れぬ。

「博志ちゃんとうちは、同じやね」

驚いて蘭子を見る。

「頬白の声聞いとるのと、父ちゃんのとこ、行っとるのと、そう、思わん？」

今は、昔のことではなく全く別の言葉を見つけ出さなければならぬ。胸のうちの入り組んだ回路を、焦りながらまさぐってみる。

「こんなこと感じるのも、うちが年取ったということやろか」

人それぞれ、些細なものを日々の支えとして暮らしている、というのは、よくあることだ。むしろその方が一般的なのだ。そう考えればずっと分かりやすくなる。

「俺にとってあの声、どこで聞いても、どこにいても、それで気持ちがここに帰って来れたけんね」

私の内奥に刻印された奇妙なスイッチのようなものなのである。幼少の頃から、具体的に何から逃れて、あるいはなにを求めて、その声に慰めを得ていたのか、それは判らない。

「あの声、うちも、好き。寂しい感じやけど、芯の強いとこがあって。お墓のそばでも、いつも鳴きよった」

それは、日々密やかに満たされている地道な暮らしを偲ばせる。

「春は春で、別の鳥のように変身するのも、悪いことじゃない、と思わん？」

蘭子は少し笑いながら、こんどは微妙な意味を持たせている。

「同級会の近況報告のとき覚えちょる？　博志ちゃんが鳥や虫に親しんどる言うたら、高ちゃんが、人間嫌いになっちょる人もおるようやけど、わたしらはいつまでも若さを保って行きましょう、言うて」

あの高子の言葉には我ながらギョッとした。自分の〈友人〉ともいうべきものを誇らしげに紹介しようと口をきったのだったが、

「あれが高子らの世界よ」

蘭子がそれを聞き留めていたとは思わなかった。それは、嬉しいことだった。

「人間のことしか目にはいらん人ばっかりやけんね。農家なんか減るはずよね」

私は、これからも抑えておさえて行くことにしたい。それが社会のため、地球のためであることに間違いはない。これ以上なにを求めて外へ向かって走ろうというのか。

「はしゃぎ過ぎちょるオバチャン連中は嫌いじゃ」

つい本音が出たと思いながら、同い年、熟年さなかの蘭子を見る。

「誰かの快適は、誰かの迷惑いうじゃない。そんな世の中になってしもたもんね、博志ちゃんらしゅうていいわい」

籠を背負う蘭子を手伝ってやる。

「気が向いたら、うちへも寄ってやね。今日は面白かった、だいぶん話したけん」

蘭子は、「ありがとう」と言って、白い地面を踏みしめ確かな足どりで帰っていった。

「チキチン、チキチン」と頬白の声がする。〈歌〉のことは今日も話せなかった。

明日は、蘭子の父のお墓に寄って帰ろうと思う。

歩いて行く曽戸川氏

在職中そして退職後も十年あまり、一週間ほどかけて真夏の北アルプスなどを歩くのが曽戸川氏の楽しみであった。ところが秋田県と山形県に位置する鳥海山登山を最後に、〈遠征〉しなくなってしまった。なにしろ四国のM市から秋田県の象潟まで、ＪＲを乗り継いで十四時間もかかった。その体感が尾を引いている感じがある。

近郊の山歩きの回数も明らかに減少している。その代わり毎日のウオーキングが習慣となった。身近な四季の変化、果樹園の実り具合、作業する人たちとの雑談、あるいは度々出会って顔見知りになった人たちと、名のらないままの会話など、思えば結構変化のあるものだと曽戸川氏は思う。

ある自然公園の管理人がこぼしていた。遊歩道に落ち葉が散らばっていたら、会社の社長とかいう人物に、経費の幾らかを寄付するから毎日綺麗にしたらどうだ、と言われた。寄付などなくても自分でと、さっそく掃き清めていたら、女性たちの一団が通りかかり、落ち葉も大事な自然の一部だからそのままにして置いてほしいと言われた。彼女たちはある俳句結社の一行で吟行に来ていたのだった。どちらを優先すべきなのか、悩みの一つだという。

ある数人の仲良しグループは、公園を定期的に歩きながら会話などをたのしんでいる。疲れた時、ベンチや東屋で休憩しようと思っても、しばしば先客が寝そべっている。聞けば、公園の清掃などを請け負っている人たちだった。管理者に苦情を伝えたのだがなかなか改まらないという。

城山公園では、ごく僅かな面積なのだが、雑草を伸びるがままにしておいたところ、管理がなってないと公園緑地課に苦情が寄せられた。それで、処置するようにいつもの委託業者に頼んでおいたところ、なんと一面、シャガの花畑に変えられていた。たちまち、「日当たりの良いあんな場所になんでシャガなんか植えるのだ」と市民から抗議されたらしい。

そこは曽戸川氏もよく知っている場所だ。案の定、シャガは二年もたたぬうちに全部枯れ死した。植生のプロであるはずの園芸業者が、シャガの生態を知りながら行ったのだ。好ましくない官民癒着の構造までしのばれる。

シャガに替えられる前は、城山公園の中でも特異な部分で、曽戸川氏は近くのベンチに腰をおろし、しばしば一息ついて楽しんだ。いまでもその有様を思い浮かべることができる。ヨモギやツユクサ、アザミ、クサイチゴ、カゼクサ、ユキノシタ、ジュウヤク、ニワゼキショウ、ムラサキカタバミ、エノコログサにアレチノギク、カラスノエンドウ、スベリヒユ、そのほかよく知らないもの、調べてもわからないものなど多種多様だった。

そこに生活のすべてを託していたシジミチョウもハナムグリも、テントウムシやダンゴムシも、ミノガやマイマイも、ありとあらゆる生き物たちがたちまち生きていけなくなっただろうと思う。

曽戸川氏は、その直ぐ側のヤマブキの垂れ下がった枝の中にメジロの古巣を見つけたことがある。小さな茶碗のようにきっちりとした内径五、六センチの円形に造られていた。メジロなど野鳥の巣が蜘蛛の糸で固められたり枝に取り付けたりされるのはよくしられている。その蜘蛛の糸は、蜘蛛の餌となる昆虫類がいないと生まれない。その昆虫類は、食草となる沢山の〈雑草〉がなければ生存できない。

一見荒れ果てたように見えるこれらの区域は重要な役割を持っているのだ。多くの公園利用者は自分の快適さは求めるけれど、ほかの生物たちのことまで考えて歩いてはいないのだろう。曽戸川氏にしても、蜘蛛の糸が顔にかかったりすると舌打ちの一つもしたくなるのである。

水の流れの近くはやはり心が落ち着く。曽戸川氏はI川のほとりにやって来た。河川敷の、「公園」らしからぬ緑地、雑草や雑木に囲まれた一角の、古びたベンチに腰を下ろす。年をとるといろいろ気に入らぬことが多くなる。だんだん世の中が住みにくくなる。昔はやはり、いいことが多かったような気がしてならない。ふと、テレビのCM二つ、それを思い起こす。

若い女の子が言う。――おっちゃん、昔のこと言うたらあかんよ。

若い嫁が言う。——古いばかりで役立たず。

どういうわけかこの二つ、曽戸川氏のお気に入りである。おそらく、そう言いたくなる場面にたびたび出くわしたのだろう。年寄りはながながと講話をしたがる。またカサブタのようにいつまでもとりついて邪魔をする。自分自身、年寄りの仲間だからかこの二つは忘れがたい。

広場は、年寄りのゲートボールにでも使われているのか、さほどきれいに整地されてはいないがその形跡がある。

先ほどから、向こうの道路ぎわで若いお母さんが二人、立ち話をしている。どちらもベビーカーの取っ手に体を寄せかけ、明るい声で話している。その傍で退屈そうにしていた女の子が一人、すたすたと曽戸川氏に近づいてきた。

「おじさん、なにしてるの？」

幼稚園の年少組といったところか。色白でしっかりした整った顔立ち、瞳の深い暗色が印象的だ。

「お花のレースをね、こうして編んでるところ…」

彼女もそのことに気づいてやってきたのであろう。

足元のよく伸びたシロツメクサをつんで、三つ編みにしながら繋いでいた。花つきの茎と、葉のついたものを按配しながら三〇センチくらいになった。アカツメクサも一叢あったので、数本

はそれを交えてまずまずの出来映えである。くるりと丸く繋ぎ、

「はい、お姫様へプレゼント、花の冠です」

と、彼女の柔らかそうな、緑色がかった光を放つ髪の上に載せる。

ふふーん、と笑いながらすぐ手にとって眺めている。

「名前、訊いていいかな？」

「あのね、シホっていうの」

「そう、シホちゃんか…」

小さな石ころを拾った彼女は屈みこんで地面に、「こう書くの」と言ってかなり大きく手を動かし始めた。豪放な性格か。

「心が入っていてね、いい名前とおばあちゃんはいうの。でもね、お兄ちゃんはアホウのホが入ってるっていうのよ」

なるほど、志保と書くのだろう、曽戸川氏は苦笑いする。地面に大きく名前が出来あがった。

「いい名前と思うよ、こんなにきれいに書けるしね。で、年はいくつかな？」

左手をぱっと広げると、親指を折って、「四つ」という。その手のひらを見た途端に、去年の秋、桧枝岐の民宿で食べた山椒魚の黒焼き、その開いた手のひらを思い出してしまった。

「おじさんの名前は？」

「そとがわ・まゆへい」

「マイヘー？」

あわてて、マイヘーじゃない、マユヘイと訂正する。わが家系はなぜかみな眉が半分くらいと短い。神様がチョンとやっただけでサボったのだ。せめて平らに真っ直ぐにとの希望を込めての命名らしい。

「あのね幼稚園にね、マユちゃんて、とっても可愛い子いるよ、わたしのお友達。お目めがね、大きくて黒くてウサギさんと同じなの。だからとってもかわいい」

「幼稚園でウサギさん飼ってるんだ」

「わたしはね、サトウ、シホ」

面白いことをいう子だ。そう、砂糖と塩ね、とつい曽戸川氏は言ってしまった。すぐに佐藤志保だと気づきはしたが、もう遅い。

「でもね、お嫁に行くんだからいいって、みんな、いうの」

なんだ、本人は経験ずみだったのか…。

眉平に比べれば、当たり前のすっきりしたいい名前だ。眉平など珍しくはあるが、格好がいいとは思えない。しかしあれは中学生のときだった。英語の授業で「ゴーイング・マイウエイ」を教わった日、同級生の一人が「おーい、ゴーイング・マユヘイ！」と自分を呼んだ。その日からこの名前は気に入ったものとなって、今日に至っている。

志保ちゃんの母親は、ときどきこちらを気にして視線を向けているようだが、まだ話に熱中している。唐突に大きな笑い声をあげ、楽しそうだ。

「お母さんはね、サトウサトコ」

「へえー、お嫁に来て、そうなったんだ」

「うん」

サトコなら多分、聡子とか智子くらいだろう。しかし故郷の郷子がいいな、それにしておこう、などと曽戸川氏は勝手に想像する。

「あまーい甘いお母さんかな？」

「どうして？」

「砂糖に砂糖だろう、あまいよ」

「ふふふーん……」

意味は通じたようだ。その笑顔は、太陽を直視したほどに、まぶしい。

「そんなに、あまくないよ、よくおこるの。でもね、ケンちゃんができてから、とっても優しくなったの」

ケンちゃんとは多分、ベビーカーに乗せられている弟のことだ。

「わたしが生まれたとき、お兄ちゃんがぐれたんだって…」

ぐれたねえ……この子とは、いつまでも話ができそうだ。

「お母さんも大変なんだ」

「そう、たいへんなんだ…」

　小さな唇を尖がらせて相槌を打つのがまた面白い。

「おじさんは、なにする人？」

　曽戸川氏は困った。難問である。単なるリタイア組でしかないではないか。自分はなにをする人だろう。いままでの勤めの話をして何になろう。いま、今日、なにをして生きているか、いったい自分は、なにをする人か？……

「おじさんはね、この眉平さんは、ずーっと歩いて来たんだ」

　これは単に現状報告でしかないが、曽戸川氏はいま、適切に自分を捕まえることが出来ない。

「志保ちゃんも、歩くの大好きよ」

　そう、こんなに小さく、か細い足でね。かなり思いやりの言葉をくれているような気がする。とそのとき、目の前にお母さんが立っているのに気づいた。

「すみません、お相手していただいて…」

　ベビーカーのケンちゃんは気持よさそうに眠っている。

　こちらこそ、と曽戸川氏はお母さんを見上げる。やや面長ながら、やはり志保ちゃんに似ている。大きな瞳、すぐに心を開きたくなるような屈託のない声、なによりも笑顔がいい。

「いやいや。……まったく連れて帰りたいくらい可愛いですねえ、志保ちゃんは…」

　すると郷子さんは

「どうぞ、あげてもいいですよ、三人にもなると大変です」

と言ったのである。曽戸川氏はすぐさま注意した。

「そういうことを言うもんじゃありませんよ」

しかし急に自分の年齢を感じた思いがして、あわてて照れ笑いを付け加えた。

「……そうですね、すみません。不用意でした、すみません」

郷子さんは真剣に謝っている。そのうなじの辺り、後れ毛が目立って、どことなく疲れていますという印象が宿る。子育てはそれでいいのだ。人間を育てることが安穏であるはずもない。

曽戸川氏は、志保ちゃんはいい子です、それに魅力的です、と主張した。理由などつけ加える必要はない。

年齢を重ねれば、世の中、気に入らぬことが増えるばかりだ。世の中だってその分こちらを邪魔くさく感じているだろう。お互いさまだ、それでいい。さもなければ、いつまでもおさらばし難くなる。あまりに居心地がいいということは、おそらくあってはならないことなのだ。いちいち気に入らぬことばかり増え、自分の五体さえ従順ではなくなって、早く消えたくなるのが摂理というものか。それが順送りというものであろう。しかし唯一、困っていることがある。四季折々、身の回りの自然なもの、自然に存在する普通のものが、ますます美しくいとおしく感じられる。それが此岸から彼岸への旅立ちの予兆かもしれないけれども、と曽戸川氏は思う。この親子だって限りなく美しいではないか。

「志保ちゃん、またどこかで会えたらいいね」

「おじさん、もう帰るの？」

「そう、ぼつぼつ、また歩いて行くんだ。ゴーイング・マユヘイでね」

志保ちゃんは、わずかに首を傾げた。

夜雨

「てっきりお前がしゃべり出すんじゃないかと、心配した…」

浜崎が溜め息まじりに言った。

外に出ると、小粒の草の実でも落ちてくるかのように、かすかな春の雨が降っていた。

つい今しがたの気分を私は思い出す。胸のうちが傾斜しているといったらいいのか、やはり普通ではない。

「あんなにそっくりだとはね、驚いたよ」

彼の言うとおり三姉妹の一番下の子はニーナと生き写しだった。

「なんと言ったたっけ、麻由子ちゃんだっけ、あの子は」

浜崎も少しだが、確かに興奮している。

中学以来の同級生ニーナが今朝、死んだ。

浜崎から電話が入ったとき、思わず「ウソ言え、からかうな」と言ってしまった。

入院して二ヶ月、死因は肺癌だという。

「ニーナもタバコ吸ってたのか？」

「わからん、先生のこともあるから、まさか吸ってはなかったろう」

ニーナのフルネーム、というのも変だが、姓と名は三宅新菜。彼女とは高校も一緒だった。旧姓は佐々木。私らの中学の理科担当だった三宅先生が、高校を出たばかりの彼女を自分のお嫁さんにしてしまった。

三宅先生は十年ほど前に、やはり肺癌で亡くなった。仲のいい夫婦は病気まで一緒だ。先生からの手紙は、封を切るとなんともいえぬ匂いがそこら中に広がった。初めは香でも焚き込めてあるのかと思ったものだが、理科の先生でありながらヘビースモーカーの、そのタバコの煙が沁み込んでいたのである。

「今晩、どうする？」

浜崎が通夜のことを訊いた。

「もちろん行く」

ここ数年、彼女に会っていない。先生の七回忌以来か、あの家にも行っていない。

「長居はしないつもりだ」

「そのほうがいい、俺もそうする」

彼はそう言ったあと、付け加えた、

「桜も満開を過ぎた。この雲行きでは雨になる…」

このとき私の顔は、奇妙な苦笑いで歪んでいただろう。もちろん電話ではわかるはずもない。彼の表情だっておそらく同じだったに違いない。

浜崎が意識していることは、私には十分に推察できた。私自身はそれよりも、あの中学二年生のとき以来、ずっと心に秘めてきたことが、いやそんな大げさなことではなく、ただ胸中に引っかかっていたものが、とうとう伝えずじまいになってしまったのかという、まぎれもない悔恨の思いにとらわれている。

通夜の席で、ニーナの遺した三姉妹の、中でも一番下の麻由子さんを見たとき、思わず抑え込んでいたつもりのものがこみ上げ、口走りそうになったのは事実だ。それは何というほどのことでもないのだが…。しかしあれほどまでに母親に似るということもあるのだ。

ニーナは子供のときから、私らには大人っぽく見えた。切れ長の目でありながら、瞳がやたらと大きく見えた。どこかエキゾチックで、その声は誰のものとも違った彼女だけの、聞く者にある種の快感を伴なった安らぎを覚えさせる不思議な響きを持っていた。

麻由子ちゃんは、声までそっくりだった。若い頃のニーナがそこにいるかのようだった。落ち着かぬ気分に陥った。もっとゆっくりしてくださいと引きとめる三姉妹の言葉にも丁重に辞して外に出たのだった。

わずかな雨だと思ったが、舗道はすっかり濡れそぼち、街燈の光を細かく砕きながらはね返している。水溜まりに吉野桜の花びらが一面、名残の姿を浮かべている。

私らが卒業した中学校の校庭の土手沿いには、数十本の吉野桜が連なっていた。その年は確か十日ほど開花が早かった。卒業式も終わった三月の末、私らは、間もなく故郷を離れ下宿から通学するY高校に入学する日を待っていた。

闇の深い夜だった。同級生四人で中学校の桜の下を歩いた。見上げればそのあたり全体、ほのかな薄明かりのように、あるいは霞のごとくぼーっと白っぽくぼやけて見えた。暗闇で視力が数段良くなったようにも感じられ、あるいは正反対に突然悪くなったかのようにも取れる、そんな奇妙な世界をゆっくりと歩いた。

見上げる白っぽい全体の中に黒い幹が、一瞬人の姿に見えることがあって、ぎょっとする。仲間の二人は何かしゃべりながら先の方を歩いていた。かくれんぼうをやっていた頃、鬼になって皆を見つけられなかったとき、勝手にゲームを放棄して、隠れている皆を放置したまま家に帰ってしまうずるをやったことを思い出した。浜崎と私はその逆の手を思いついたのである。隠れたまま知らん振りをしてやろう。

二人はそれぞれ隣り合った桜の木に攀じ登った。幹に体を密着していれば下から覗いてもまず見つかりはしない。長時間同じ姿勢でいても疲れないよう枝ぶりのいい場所を選んだ。かすかに桜花の甘い香りがする。もちろんこちらから隣の木の浜崎は見えるはずもない。ごそごそやっている音がしばらく聞こえていた。

遠くから「フィ——、フョ——」と、たよりなげな口笛が流れてくる。

「なんだ、あいつら、気味の悪い吹きかたするなァ」

浜崎が文句を言っている。

口笛は随分と長く続いた。やがて無音の、つかみどころのない幻のような空間が広がった。仲間の二人は忽然と消えてしまった。

隠れているのにもそろそろ飽きてきたなぁと思い始めたころ、ふいに人声が近づいてきた。私は息をころし、物音をたてないよう体を固くした。

その声が仲間の二人でないことは確かだ。桜の木の下に低い鉄棒の一連が並んでいる。二人連れの声はその鉄棒にもたれて話し始めたようだ。男と女だ。

随分高いところまで登っていたので聞こえてくる声はぼそぼそと小さく聞き取りにくいものではあった。ただそれが誰と誰であるかはすぐに分かった。三宅先生と佐々木新菜だ。

意外だった。いまさら進路の指導でもないだろう。彼女もY高校へ進学が決まっている。声の雰囲気から明かにデートだと分かるに十分だった。おそらく浜崎もそれを感づいているに違いない。

ときどき笑い声の交じるぼそぼそ声は、いつまで経っても終わらない。私はしっかりと決めた。

絶対に見つかってはならん。理科の三宅先生にも、佐々木新菜にも何かと恩義がある。二人の秘密は絶対に守らねばならぬ。

不自然な姿勢の腕や足はしびれが切れそうになる。咳の一つも出来ずじっとしている苦痛がじわじわと攻めてくる。

時間の経過の意識が全然なくなった。とにかく早く帰ってほしい、それればかりを願った。しかし遂に、困ったことがやってきた。小便がしたくなったのだ。意識するとそれは急速に近づいてきた。相変わらず楽しそうな笑い声が上って来る。

とうとうどうにも我慢できなくなってしまった。からだ中が熱くなる。どうする……。

私は幹にしがみついたまま、出来る限り少量ずつ、幹そのものにそっと液体をそわせて流れ下らせることにした。途中で止める技術は今までに何回か遊び半分にやったことがある。こんなところで役に立つなどとは思っても見なかった。

時間をかけて、我ながらなかなかうまくやったわい、と安心した。その時である、

「あれ、先生、雨が降り出したみたい」

はっきり、新菜が言った。私も思わず顔を上に向け確かめようとした。とたんにバランスが崩れた。体の位置がずれた。両腕で幹に抱きついた。枝が揺れた。

「やっぱりそうよ、先生、雨」

ひとしきりそれは落下したのだ。

「そうかのう…、じゃ帰るか」

先生の声がした。すぐに二人の足音は聞こえなくなった。

地上に降りるやいなや、浜崎はジャージャーと威勢良く立ち小便をした。

「あーあ、やれやれ」と大きく息を吐きながら言った、「やっぱりお前か。やったのう、ニーナちゃんに小便ひっかけるとはのう、なんちゅうこった。これはもうえらいこっちゃぜー」

確かにえらいことだ。しかし私の頭脳は考えた。三宅先生は理科の時間にこう言った。——大便は、食べ物や胆汁など消化液の残りかす、大腸菌などいっぱいだが、尿の方はだいたい蛋白質が分解したアンモニアなどで不潔とは言えない。汚いということは、病原菌などを含んでいる場合で、純粋の尿はそれに当たらない——。

浜崎に、あの授業をしっかり思い起こさせ、その上で絶対にこの秘密を漏らすなと誓わせた。

高校を卒業して間もなくM市で就職していた浜崎と私は、二人が結婚したという話を聞いた。一種の安堵を覚えた。同級会で新菜に会っても、幸せそうな彼女にむしろ積極的に話しかけた。彼女は明るくて魅力的だ。「今も連れ立ってるの？　仲いいのね。丸々のなんとかも一緒？」などと、ぎょっとすることを言った。あの特有の響きの声音はいつまでも変わらない。飲み屋などで浜崎と二人だけになると、「いつ告白するんぞ、いつニーナに懺悔するんだ」と彼は私を責めて面白がった。

浜崎にこの決心を漏らすことはなかったけれども、私は一生涯、新菜に話すつもりはなかった。ただ一つだけ、なぜか後回しになってしまった些細な言葉、たった一言ほどの小さなものが残っていた。機会はたびたびやって来たはずなのに、なぜそうなったのかいまだによく分からない。誰にも知られず、そっと仕舞っていたかったのか。

中学二年生の秋である。学校田で稲刈りの実習をしていた。畦のところで、生徒の一人が叫んでいる。

「おーいみんなー、作業止めて、予防注射に行けと先生が言っとるぞー」

その声に私が振り向いた途端、一連の動作は正当な軌跡を外れていたのである。稲株をつかんだ左手に異様な冷たさが、鎌を持つ右手には気味の悪い感触が伝わった。その時、稲刈り鎌ではなく普通のそれを使っていた。

左手の親指は、爪のつけ根から内側へ向かって斜めに、指の半分ほどを切り裂いて深く、二センチを超える傷が口をあけていた。みるみる親指は鮮血にまみれて行った。しまった、まずいことをした。こんな単純な失敗が恥ずかしい。これから校医のところへ予防注射を受けに行かねばならない。

田んぼの真ん中、稲束の傍でなんの用具もなく手当てのしようがない。傷口の根元を押さえ、私はしばらく途方にくれていた。誰か女生徒の一人が〈告げ口〉したのだろうか、見ればかなり向こうから走ってくる新菜の姿が見えた。

　彼女は白いハンカチを手にしていた。すぐに半分に裂いて傷口に当て、残りの半分で簡単な包帯をしてくれた。養護の先生のような沈着な処置に、私はあっけにとられて見ているばかりだった。

　注射をする医師の前で、私は親指を内側に隠した拳にしてそのまま切りぬけた。夕方、そっとハンカチを解いて見ると、赤黒い血糊の中で傷はおとなしく口を閉ざしていた。数日で完治したが、その部分、指紋は完全にゆがんだままはっきりと傷跡を残した。

　それからずっと、なぜだろう、私は恩人である彼女にお礼を言うことを忘れてしまっていた。意識してだまっていたのかも知れない。今となってははっきりしたことが思い出せない。


　親指は幾冬か、寒くなるとかすかな疼痛を訴えた。いつのまにか、無意識に親指を内にする拳の格好が左手の癖になった。

　大人になってからも、そして今も、親指のゆがんだ指紋はときたま私の視線に向かって、お前はまだあのときのお礼を言ってないではないか、と非難の声をあげる。

　三姉妹といっても、上の子はもう四十歳くらいだ。麻由子ちゃんだって三十は超えているだろう。この子だけ未婚なのも気がかりである。

「ニーナは相変わらず綺麗な顔してた」

浜崎がつぶやくように言う、「ずっと俺たちのマドンナだったってわけだ」

私は無言の同意を送る。

中学校の桜の雨のことは絶対に私はしゃべらない。しかしいつの日か、最も早ければ明日の火葬場、その控室で麻由子ちゃんに稲刈りの日のことを話してしまうかも知れない。

「懺悔の機会、とうとう無くしたな。しかしなあ、まああの世に行ってからが一番いいのかも知れん、いずれはあちらで同級会だ」

浜崎は、まだ半分面白がっている。私は無言のまま並んで歩く。

「三宅先生とまた、あの世であつあつだろうな。その意味ではめでたくもあり、と思いたいね。六十二では早過ぎるけどね」

雨脚がこころもち強くなったようだ。

桜の並木から逸れて電車通りに向かう。

「今年の桜も、この雨で終わりだなあ…」

浜崎の独りごとのような言葉が続く。

いんぐりちんぐり

いんぐりちんぐり

小さな谷川にかかる古びた橋は、苔むしたコンクリートの欄干を載せている。路面に残る水溜まりが、五月の空を映し浅緑色に光る。ずっと昔、十数年前もこのままだった。私は、ゆるやかに静かに車を進める。

茅葺きの茶堂の屋根が見えてくる。

きのう、「桂橋茶堂は、どうですか？」と、理絵子が電話で訊いてきた。

彼女は私より三十余り若い。私の高校時代の同級生前島隆次の長女である。初めて会ったのは生まれて数日目だった。男の子ではないのか、と冷やかしたほど凛とした顔立ちをしていた。

頻繁に会っていたのは前島家と家族ぐるみのつきあいの多かった小学生時代で、中学に入ってから急に疎遠になった。息子ばかり二人を持つ私にとって、あの不思議な淋しさを忘れられない。いまも私の〈情緒保管箱〉にしまいこんである。

理絵子は筆まめだ。よく手紙をくれる。会うのは数年ぶり、今日は、れっきとしたデートである。

茶堂の横にモスグリーンの車が停まっている。

理絵子は茶堂の板の間に腰掛けていた。長めの髪、白くたおやかな面立ち、ベージュのシャツにスラックス、眩さを覚えるほどの若さを纏っている。

「やあ、久しぶり」

「すみません、おじさん…」

笑顔がいい。一面の黄緑色の乱反射の中で、彼女の笑みは一段と輝きを増す。

「このあたり、変わってないねえ…」

「わたしはいつも来てたから……でもそういえば、何も。…わたしは変わったでしょ」

「きれいになった、すっかり娘さんだ」

適当な言葉が見つからない。胸中、さまざまな言葉が競合しているばかり。

「もう、おばさんになりそう、二十七だもの」

理絵子は伸びやかに言う。

一週間ほど前、前島隆次が会社に訪ねてきた。一度、娘に会って見てくれないかと言う。要領のつかみにくい話だった。

「お父さんが、お嫁に行けとでも言うのかね」

「そんな話、全然出ない。それ以前の問題のよう…」

理絵子がうつむく、茶色がかった髪が前に流れる。

茶堂は一間半四方ほどの板張りである。三方を開放し奥正面に小さな祭壇、そこに高さ五十センチほどの地蔵菩薩が真っ赤な前掛け様のものを着け立っている。両脇には線彫りの仏像が一対。昔のままだ。穏やかでまろやかな顔立ちは、微かな笑みを浮かべている。

「お地蔵さんも変わってないし…」

つぶやいた私の顔を見て、理絵子はくすくすと笑い始めた。

やっぱり思い出しているのだ。私ら二家族は、この下の小さな河原でよく遊んだ。あの日はバーベキューの最中に雨が降り始めた。傘をさしてあわただしく食べた。雨垂れが燠の中に落ちて、シュンシュンと音をたてた。

雨宿りした茶堂で、食べ過ぎ飲みすぎの隆次と私は、ひっくり返ったのだ。そして大鼾で寝入ってしまった。あとで「臍天のお地蔵さんだ」などと冷やかされた。二人は仕事で疲れていた。

「そうだ、お父さんの支店長栄転おめでとう、これでまた家族四人勢揃いだな」

隆次は三年間ほどの単身赴任から、M保険の支店長として帰ってきた。

理絵子は「もう歳なのに、またまた張りきって…」と言いかけ「あれっ…」とこちらを向き、眉を少し寄せて、「これは、失礼を」と笑った。

「いやまったく、歳を感じるよ。体力だけじゃなく、若い子らの感覚にはついて行けない。一番は音感、あのやかましさには参る」

「テレビゲームで育った人達でしょ、人工音って、人間を壊してるんじゃないかしら」

「それに比べるとこの辺りはいいねえ、あのオオルリの歌なんか最高だ」

「気に入ってもらってよかった。あとで巣を見に行きましょう」

谷を跨ぐ一本の電線にとまって彼は歌っている。遠目にはツバメのような白と黒の色合い。「ヤマツバクロ」と呼ばれる所以だ。理絵子に、巣の見つけ方を教えたのは私である。ほとんど毎年、大学を卒業するころからオオルリと付き合っているらしい。

「あの、深い瑠璃色と囀り、大好きです。おじさんに感謝してます。野鳥はわたしの大事なパートナーです」

中学生になってから、部活と塾通いで自由な時間は奪われた。高校、大学と多少余裕が出来たものの、理絵子は普通の子とは違う過ごしかたをして来たようだ。

「お母さんも頑張ってるね、この間の新聞、見たよ」

経営者協議会から、〈さくらディタッチ取締役〉としての功績を称えられ表彰されていた。最近成長著しい人材派遣会社の草分け的存在である。カラー写真入りで大きく掲載されていた。さくらディタッチの登録女性は約五百名、男性が数名。理絵子も実はそのうちの一人である。

「そのせいじゃないんだけど、わたし辞めたくなってるんです」

派遣されているいまの通信販売受付会社は多忙を極め、毎日ディスプレイに向かっていると頭の中が壊れそうになるという。もともとは正社員がほとんどだったのだが、ここ数年で九十九パーセント、理絵子たちのような派遣のパート・タイマーに入れ替えられた。電話で対応するお客様は概して機嫌がいいから特に苦労する場面は少ない。しかし凄まじい商品の多さ、物の多さ、さらにその変化に神経がついて行けないのだと思う、と理絵子はいう。

「わたし、駄目になりそうで…新しくやりなおさないと」

父親が自宅から通勤できるようになっても、母親の在宅は、外泊こそないものの不規則、大学生の弟、衛も家にいるときはインターネットばかりやっている様子。理絵子が食事の用意をしたところで、結局は自分だけの孤食に終わってしまう。全員揃っての食事など、中学入学以来、記憶にないくらい。父も母も、最近ますます外食が多くなった。ひとさまとの会食も仕事のうち。こんな家の形骸から抜け出さなければ孤独感はつのるばかり……と理絵子は、自分の思いをかみしめるように話す。

「お父さんに頼まれたのは、その辺のところですか？　わたしが仕事辞めそうなんで…」

「理絵ちゃんが考えていること、知りたいようだね」

確信のないまま、隆次のあの日の顔つきを思い出しながら答える。彼の背広の第一ボタンは、いまにも取れそうにお辞儀をしていた。

「コミュニケーションがないの。昔はわたしたち子どもが多忙、いま親多忙。家庭なんてもの、みんなこうなんですか？」

私は、ニューヨークからくれた理絵子の手紙を思い出さずにはおれない。もう一年近くになるだろうか、それは私にとって衝撃的なものだった。

――ロサンゼルス、ラスベガスと、友人は観光地もちゃんと組み込んでくれています。ラスベガスの町からバスで四十分程の所にある小型機専用の空港から十五人乗りくらいのセスナで約一時間、グランドキャニオン空港です。子供の頃からの夢を一つ実現させました。写真同封しました。右上に見えているのは一番高いホテル、エルトバールホテルです。こんなところによくも建てたものだと感心しました。写真の左下に三百メートル下ったところにもホテルがあるそうです。小道しかないので宿泊客はラバで降りて行くとの事、とにかくすごいところです。ところでこの友人は、L大学の研究室に勤めているせいか、わたしをとんでもないところへも連れて行きました。連邦刑事問題対策室では、専門的な資料も見せてくれました。その中で特に忘れられないのは、アメリカの成人男子五十人につき一人が刑務所におり、二十人に一人が保護観察か保釈中という事実です。麻薬関係の犯罪が主ですが、凶悪犯ももちろん少なくありません。街頭ですれ違う人達、そのなかのどの人が麻薬やっていてもおかしくないのだから、と友人はいいます。極端な貧富の格差を生み出すこの国の経済構造そのものが最大の原因だと分かっていても、自由と独立、すべては個人の自己責任との建て前で、落ちこぼれの社会的不適応者は、刑法の対象としてしか処理されない。それによって辛うじて体制のコントロールを維持しているこの国の現実、最近とみに家族の重要性が説かれるようになっていますが、父親が刑務所にいて不在では、現実離れの空論というほかありません。そう遠くない日、アメリカにはビッグ・バンがやって来るような気がしてなりません。日本の社会はいままさに、そのアメリカに追随しているばかりです。いろんなこと知らなかってごめんなさい、といいたい気分です。――

「理絵ちゃんのくれたアメリカからの手紙、思い出したんだ」

理絵子は、オオルリの囀る電線のあたりに向けていた視線を、足元に落として黙っている。

「あの便りは目からウロコだった。さしずめ日本では、勤め先が刑務所だな。それも終身刑。極端に言って、自分の時間はない」

「パートのほうがいいという人、増えてます」

ぼそり、と理絵子が言う。

「競争競争と、かつての一億玉砕のようだ……みんな大変なんだ」

「安い賃金で、必要なときだけ用立てする派遣会社、繁盛するはずですよね」

理絵子の母親を悪くいいたくはない。しかし腕の切れる女性実業家が、結果として低賃金の勤労者を量産して時流に乗っているのは、私としては好きではない。それを口に出すわけにもいかない。子供にべったりついている母親とどこか似かよっているような気もする。

「女性は一途なところ、あるからね」

「その言いかた、取りようによっては、女性蔑視、セクハラなんですよ、昨今は」

そうなんだ。ある会合で、「人間もオスとメスなんだから」と表現したところ一斉に女性出席者から軽蔑の眼差しが飛んできた。「万物の霊長」は全ての能力において優れ、地球上で一番偉いと信じているのだろう。「サル目ヒト科の動物」などと言ったら、声もかけてくれなくなるに違いない。自然観察派の理絵子には説明の必要もない。

「おじさん、オオルリ見にいきましょう」

すぐそこですけど車で行きます、とモスグリーンのドアを開けてくれる。この道はその先の田畑に行くために農家の車がときたま通るだけである。百メートルあまり進んだ所で理絵子はそっと車をとめる。

「おじさん、ほらそこ、左、岩のところ…」

車の窓の高さに、緑色の苔を載せた小さな岩棚がある。その巣から頭を出しているのは黄褐色のメスだ。辺りの岩の色とほとんど変わらない。ただ真っ黒の瞳がきょとんとした感じでこちらを見ている。

「やはり、自分の保護色信じているんだね」

「車の中からでなかったら、まったくだめですよね、試したことないけど」

私の顔から一メートルほどしか離れていない。オスは相変わらず左上のあたりで囀っている。

「鮮やかなブルーのオスが、巣の中に座っているなんてこと、考えただけで変ですよねぇ」

理絵子の言いたいことはそれだけで分かる。世の中は明らかに狂ってきた。何よりも経済優先の基盤が出来上がってしまった。不都合な雌雄の差などは、もっともらしい理由をつけて抹殺される。

「わたしは母乳で育ったようだけど、衛はいつまでも哺乳瓶くわえてたわ」

「代理や代用の時代なんだよね。地味なメスが電線で囀らねばならんとしたらね、これも大変だ。真っ青な貸衣装がもてることだろう」

「その貸衣装屋さんで生計立てる人が増えるばかり…」

こうして、世の中おかしくなって行くのである。お金儲けならなんでもいい。人々は競い合って大事な財産——「自然」をかなぐり捨てて行く。


茶堂に戻ると、理絵子は車から大きなバスケットを取り出した。保温ポットの湯で熱いコーヒーを淹れてくれる。ケーキの入った小箱も開けられた。

「昼ご飯はぼくがおごるよ、時間いいんだろう?」

理絵子は笑顔でうなずいた。

「わたし、ニュージーランドへ行ってくる」

この前行って来たばかりじゃないか、と私が言うより先に、今度はできるだけ長く滞在したい、と声を弾ませる。日本食専門レストランと、バイトの話までつけてきたようだ。

「キーウィ・ハズバンド、その研究。うん、やはり研究みたいなもの」

私は思わず、ははは、と大声で笑ってしまった。あのハズバンドたちをね。しかし理絵子はそこまで思いつめているのだろうか。少し可哀想になってきた。

「しばらく暮らしてみれば、何か分かるような気がするの。農業国だし、車なんか何十年も、日本の中古車修理しながら乗ってるのよ。日本語おぼえたがっている人も多いし…」

キーウィはニュージーランドだけに棲んでいるニワトリくらいの、飛べない鳥だ。メスのほうが大きく、抱卵と育雛はオスが行う。キーウィ・フルーツは中国原産だが表皮がこの鳥に似ているところから名づけられた。理絵子がニュージーランドからくれた絵葉書と、そのあとの手紙から仕入れた知識である。この国では、午後五時の仕事が終われればすぐに帰宅しないと離婚の理由にされる。戦々恐々、亭主たちは奥さんに仕えている。それほど家庭生活が重視されているのだ。そんな亭主をキーウィ・ハズバンドと呼ぶのだそうだ。

「理絵ちゃんは、しばらくは結婚なんてしないだろうなぁ」

思わず口をついて出てしまった。まずい、と思ってももう遅い。

「そうなんです。なんだかずっとひとりでいそうな気がする。あの手紙の最後に、そんなこと書いてたでしょう」

そうだった、「――こんな感じで、まだまだ結婚しそうにもありません」と結んであった。

海外で見聞を広めている彼女に、日本での子育てなど考えられないことかもしれない。子育てはこの国で今、ある意味でもっとも厭われている「仕事」、といえはしないだろうか。

「家庭を持つということが、名実ともに一昔前と全然変わってきたね」

「定刻に家庭に戻れる仕組みにもなってない日本でしょ、個人の権利、平等といったって、と思ったの。だからキーウィ・ハズバンドはいい研究課題でしょう？」

そこまで理絵子は考えているのか。日本のいま――女権拡張の行進曲で安上がりの働き手を家庭から誘い出し、その上なけなしの報酬は消費拡大の鳴り物で吸い上げる。この仕組みを一番喜んでいるのは、仕掛けたほうであり、また仕掛けられたほうなのだから、双方、異論の生まれるはずもない。

「新聞のお母さんの顔、変わったと思いませんでした？」

そういえば幾らかは、しかし、歳のせいだろうと片づけてはいたが、それだけでもないのだろうか…

「余りよく分からなかった、新聞の写真だからね」

理絵子の前で用心して答えねばならぬ場面か、と頭の中で声がする。

「テレビに出てくる女性政治家や有名人、あの人達に似てきたの、なんだか感心してしまう」

ふーん、と私は考えこむ。ある種のエネルギーが表情に現れるのだろうか。普通の人の相貌でないことは分かる。

「社会的・公共責任自覚型―とかいったらいいのかな…」

「家庭でも同じなんだもの。母なんか、表彰され好き、表彰し好きというのか、賞状ばっかりもてあそんでる。そのうち国技館の土俵にあがりたい、なんて言い出しそう」

これには笑わないわけにはいかない。

「いんぐりちんぐりなんだもの」

え？　どういう意味だ？

「こちらの気持ちがしっくり来ないというか、落ちつかないというか、見ていると、攻めてくるような顔…とにかく、いんぐりちんぐりなの」

感じとしては、分からないでもない。あの顔この顔が浮かぶ。テレビの見過ぎか…。

「そう、お地蔵さんの顔と正反対、それです」

改めて地蔵を振り返る。穏やかで、人の心をやわらげる安息の表情——。そうか、その正反対、見る者を安心させない、闘争のマスクなのか。

「いんぐりちんぐりって、理絵ちゃんの造語かい?」

「いいえ、昔の字引に出ています」

バスケットに用具類をしまい込みながら理絵子は澄まして言う。

「なにもかも、いんぐりちんぐりなんです。わたしの心までそうなんです。それでニュージーランドへ行きます」

そのとき私は、内心ほっとしている自分に気づいた。隆次への報告、その中身が決まったと思った。詳しく話したところで多くは通じないだろう。〈何もかもいんぐりちんぐりとなって、彼女の心もいんぐりちんぐりなんだ〉

これが全て。最も正しい要約である。そう安堵した瞬間、理絵子は大きくて重い重い巨岩を私の胸の中に放り込んだのである。

「弟が大学出て就職できたら、お父さんお母さん、離婚するようです……」

理絵子の横顔を、涼しい風が撫でていた。

随想

イタチの踊り

二〇〇五年二月八日付愛媛新聞『四季録』に、石津栄一氏の〈「いたち」の話〉がある。うら庭で木刀の素振りを繰り返していると、イタチがさっと横切った。木刀を払ったところ思わずその腹にふれてしまった。また、ある夏の朝、七、八匹のイタチが円陣を組んで集団踊りをしていた。自然解散するまで、夫妻で二十分ほど見たことがある、という話である。

このコラムを読んで、十数年前の我が家のイタチとの出会いを思い出した。

家内が玄関横のイヌツゲを剪定していると、イタチが必ず現れた。物置のあたりで「カタカタカタッ」と音がする。初めは何だろうと思っていた。油切れのせいで剪定鋏から「キュッキュッ」とも「シュッシュッ」とも聞こえる音が出る。そのたびに、近くで「カタカタカタッ」と音がするのである。やがて正体が分かった。物置の床下で、イタチが、くるくるくるっと踊りまわっていたのである。

何度も試してみたが、彼または彼女は、剪定鋏の特定の音に、我慢ならぬというふうにカタカタカタッと反応するのである。

石津氏の素振りの木刀の音と剪定鋏の音とが、おそらく同質のものなのだろう。イタチにとってその響きは特別の意味を持っているらしい。私たちの場合、円陣になって踊っているのを見たわけではないが、イタチのこの習性は大変興味深いものだった。

剪定鋏の音を家内が鳴らすそばに構えていて、イタチの写真を二枚写すことが出来た。動作が速いものだから、鮮明には捉えられなかった。

数年後、物置を建て替えた。

そのとき床下からビニールの塊が出てきた。そのほとんどがソーセージの包み殻である。直線距離にして百メートルほど離れている小さなスーパーの売価ラベルが貼ってある。消費期限の表示がはっきりと残っていた。おおよそ一年ほど前の期日、数にして数十個もあった。

物置下のイタチは、スーパーに買い物に、ではなく正確には〈いただき〉に日々出かけていたらしい。いずれ日付などを整理して調べてみたいと思って取っておいたのだが、いつの間にかどこかにまぎれて見つからなくなってしまった。

その中の数本は、子供たちがチューチューやっているジュースの殻であった。ソーセージのものと大きさ形がほとんど同じである。間違えてしまったのか、それともたまには甘い飲み物が欲しかったのか、これは本人に聞いてみないと分からないことではある。

その何ヶ月か前、スーパーは廃業していた。イタチのせいで閉店に追い込まれたわけではないだろうけれど、その結果、物置イタチは転居せざるを得なくなったのではないかと思われる。建て替え時にはイタチの姿はなかった。

石津氏によれば、仙台での会合で、ある大学教授が、「八つ鹿踊り」の原点について講義され、猟師が山奥で八頭の鹿の踊りに出くわし、それをもとに振り付けをして「八つ鹿踊り」の原型となった、と説明されたとある。南予各地に伝わる「八つ鹿踊り」や「七つ鹿踊り」「五つ鹿踊り」などは、伊達藩主によって仙台藩から伝わったものである。

タンチョウの踊りなど、こうした野生の生き物たちの「踊り」は、大事な彼らの暮らしの一つなのであろう。

イタチの円陣の踊りに出くわす幸運にはまだ巡り合っていないけれども、物置下の住人は珍しい「舞い」を見せてくれたものである。今後も生活の目途が立つようだったら、またどうぞお住まいください、という意味で物置下を出来るだけ快適な状態にして待っている。

（2005年2月24日）

お湯とお茶、雀はどちらが好きか

どのような用件であったのかは忘れてしまったが、知人のKさんとの電話で雀の話が出た。彼の家には十年以上も飼っている雀が一羽いた。喉が渇いたとき「お湯が要るのかお茶が要るのかと聞くと、うちの雀はちゃんと答える」とKさんは言う。

雀は、だいたいどちらを好むのであろうか？

雀の寿命はおおよそ一年から一年半くらいといわれている（唐沢孝一『スズメのお宿は街のか―都市鳥の適応戦略―』中公新書1989ほか）。十年ともなれば相当の「長寿雀」である。平均一年三ヶ月程度だろう、と自然観察会などで披露すると、多くのヒトは驚く。あまりに短いというのである。

Kさん宅のようにヒトに飼われた場合では、十四年という記録も報告されている。

平均一年ちょっとではいかにも短命のようであるが、私は驚くに足りないと思っている。ヒトの場合は、医療技術によって、不都合な部分をその都度「修理」したり、極端な場合は「部品交換」などをして生きながらえているからだ。

私などすでに最低三度は「亡くなっている」ようである。記憶にもない幼少の頃、大腸カタルに罹り、医者が「治っても、まともな子にはならん」と言ったそうである。その予言が当たっているのを感謝すべきかどうか……それは判然としないが、野生であれば、まずその時点で絶命だったろう。

二十代初めに「虫垂炎」と手術不良で一ヶ月も入院、三十代初めには「急性肝炎」で延べ百六十日も入院した。これら「修理」がうまく行ってなかったならば、ヒトの平均寿命短縮の一翼を担っていたことは確かである。

自然のままに生きれば、雀の寿命が一年半程度なのは「不自然」なことではない。ヒトは自分たち人間社会の尺度で判断するから、極端に短いと感じるのである。

その年生まれの幼鳥たちにとっては、冬の寒さや食餌の欠乏、病気、外敵からの捕食など様々な悪条件のせいで、翌年の春まで生き延びるのは容易なことではないのである。地球上でただ一種「ヒト」を除けば、あらゆる生物に「お医者さん」はいない。ただしこれは「野生の生物」とすべきで、ペットなどとして「就職」すればお医者さんもちゃんと診てくれることになる。

ところで雀はお湯とお茶、どちらを好むのであろうか。Kさんはお茶の方だという。

理由は至極簡単、お分かりだろうか。雀は「チャ」とは鳴くが「ユ」とは鳴かないからである。Kさんと雀とのやりとりが偲ばれる。

（２００５年2月25日）

傷ついたキジバト

三月六日の朝、何気なく庭を見た私は、小さな衝撃を受けた。いつもやってきている二羽のキジバトのうち、一羽の様子がおかしい。見れば左足を傷めているらしく体を地面に着けたままなのである。ほとんど歩けない様子だ。

一般に野鳥は、足の跳躍力を使って飛び立つことが出来ると言われている。うちの庭には毎日、ご近所猫の「ジョナ」やんが必ず数回やって来る。飛べない鳥は、簡単に襲われてしまうに違いない。

さらに、キジバトは地面を歩きながらエサを採ることの多い鳥である。歩けないようではたちまち飢えてしまうことも明らかだ。

野生の生き物は、当たり前のことであるが、日々自分の力だけで食糧を確保している。だから、「病気」や「怪我」はすなわち「絶命」を意味すると言っていい。誰もエサを運んではくれない。人間のように、歩けなくなったり病気になったりしても、互いに助け合って生きて行く仕組みにはなっていない。

今更のように彼らの置かれている厳しい現実に思いを巡らさざるを得ない。

さてどうするか。緊急避難としてしばらく「保護」すべきか、いや自然のままにまかせておくべきか、急いで判断をしなければならない。

今にもあのジョナやんが、やって来そうではないか。

原因は分からないけれども、傷ついているのはオスのほうのようである。

キジバトは雌雄同色のためオス・メスの判別は一般に不可能である。ただ、この場合は区別が簡単だった。

目の前で、オスがメスに向かって「コックン・コックン」と上体を上下させ、しきりにディスプレイ（求愛の行動）を行うからである。一緒にいるときに見れば、オスのほうが心持ち体が大きい感じがする。

十数年前、近所の方が一羽のキジバトを持って来られた。左の腹部が猫にでもかじられたように傷ついていた。約一週間、家の中で保護し、無事自然に帰したことがある。しかし六畳間一間をキジバトのために一週間も分け与えたのは不便だった。夜間はダンボール箱の中で休んでもらったのだが。今回はどうしたものか、キジバトが完治するかどうかも分からない。

昨年の夏、庭のタイワンフウの天辺で営巣していたが、すぐ真下でヒヨドリが子育てを始めたために、途中で巣を放棄したキジバトがいた。そのカップルに違いない。我が家の住人であれば、何とか助けてやらなければならないのではないか、などと脳内は混乱するばかりである。

悩みながら見ていると、ヒョッコンヒョッコンとケンケンをしながら片足で移動することは出来るようだ。当面の空腹を救うため、都合でしまってあった古い米を給餌することにする。二人並んで、いや二羽並んで仲良くお米をついばんでいた。そのうちいきなり二羽とも飛び発ったではないか。片足でも「離陸」出来るのだ。これで猫などから逃れることは十分出来る。一安心である。

以来、毎日、キジバトはやって来た。ところが時に一羽だけのときがある。元気なメスのほう一羽のときは、オスはついに命尽きたのかと心配してしまう。ところがそのうちヒョッコン・ヒョッコンとオスがやって来ることもあって、胸をなでおろす。

彼を見かければ急いでお米の「給餌」をしなければならない。動くのが面倒くさいのであろう、庭に出て行っても頭上五十センチの物干し竿でキョトンとした目をしたまま待っているようになった。

交代で来るとすれば営巣を始めたのか、などと思ってもみたり、その姿を見るまでは毎日気の休まることがない。

今日十九日、一羽でやって来たオスの様子を見ると、少しずつではあるが足の状態がよくなっているように感じられる。歩き方、その移動の仕方が左足を僅かながらでも使うようになっている。この調子で回復すれば、もとの元気な体に返ってくれることは間違いないだろう。

怪我すなわち絶命でもないのか、などと妙な納得をする。

傷ついた姿を、突然目にしたときの小さな衝撃を思い出しながら、春も近い庭で米粒をついばんでいるキジバトを眺める。

（2005年3月19日）

【追記】三月二十四日、早朝の風雨のなか、一羽が軒下の物干し竿にやって来ていた。外に出てみると、すぐにいつもの給餌場所、庭石の上に降りてきた。「お前、元気なほうか…」と言いながらよく見れば、左足を僅かにかばって歩く。「なんじゃ、お前のほうか、大分ようなったのう」と話しかける。元気な一羽と間違えるほどに回復している。これでもう完全に大丈夫というところだろう。

（2005年3月24日）

ヒサカキの匂う頃

三月、彼岸も間近の頃、野山で突然にヒサカキの花の匂いに出会う。寒風から抜け出したばかりの季節、いきなり現れて私を驚かせる。「今年も春がやって来た。ヒサカキが咲いた」と気付く瞬間である。

この独特の匂いがなければ、私だけでなく多くの人はその開花に気付かないに違いない。小さな木であるうえに、五ミリ足らずの、花弁とも思えないほどの淡緑黄色の小さな花を葉の合間の小枝に連ねている。秋には黒紫色の五、六ミリの果実となって野鳥たちのエサとなる。ブルーブラックのインクに見立てて野山遊びの一つとした覚えのある人もいるだろう。

その匂いに出会うと私は決まって、ある特殊な感情に捉えられてしまう。なぜか直感的に、巻寿司の海苔の匂いだ、と思うのである。そして小学生の頃の春の遠足の気分を思い出す。続いて、悲しみを伴う切ない感情がやって来る。

その理由について、私はずっと気付かずにいた。毎年ヒサカキの花の匂いが流れてくるたび、小学生時代のその「切なさ」を思い起こしては、何故なのだろうと考えて来た。

早春の遠足は、どこか明るくて希望に満ちていて、何よりも毎日の学業から解放された、級友たちとの自由な交歓の場であった。だから心楽しいものであったはずである。今の子供たちにとっても多分それは同じだろう。

当時の私は、弁当を開いたとき食欲とは別のところで、決まってその切ない気分におちいるのであった。遠足の弁当の定番は「巻寿司」であったのだろうか。弁当に箸をつけながら「こんな贅沢をしていいのか」という感情に襲われるのである。

当時、戦後の食糧難の時代だった。毎日の食事は、野草などを刻み込んだ雑炊ばかり。非農家でもあったせいで、家族の真ん中に置かれた琺瑯びきの大きな鍋の中を掻き混ぜると、米粒がときたま浮かび上がってくるような食事であった。

そのような日々の暮らしであったからだろう、遠足という特別の日とはいえ、ちゃんとしたお米を食べることに悲しみがまとわり付いて来るのだった。

私には二人の妹と一人の弟がいる。さらにもうひとり、私が六歳のときに胃潰瘍で死んでしまったすぐ下の弟がいた。だれもみな「痩せこつ」で霜焼けで、いつもピーピー泣いているような者たちであった。親から強制的にその子守をさせられていたから、妹や弟たちに特別に愛着の感情を抱いていたとは思えない。むしろそれらから一時でも逃れて友達と自由に遊びたいと考え、いろいろと工夫していた。

しかしその時分、そのことを意識しての「切なさ」ではなかったようにも思える。むしろ、子供心にもはっきりと自覚していたのは、懸命に無理をして弁当をつめたであろう母親の「見栄」というものに対してではなかったのか。


半世紀あまりを経た今となっても、早春の風に乗ってやってくるヒサカキの花の匂いは、いつまでも「切なさ」を運んで来る。

そしてふと思う。少子化で一人っ子の多くなった今、弁当を開いて、まず兄弟姉妹のことを思うことは少ないだろう。とすれば、今日の弁当は豪華だ、とか手抜きしているなとか、主人が部下に対して抱くような感情を持つのであろうか、などと想像する。

最近、図鑑を開いてみて驚いた。ヒサカキの花について「異臭がする」とか「悪臭がある」と書いてあるではないか。あれは「悪臭」なのか。鼻を近づけ過ぎるとそうなのかも知れない、とは思う。春の遠足の頃に、どこからともなく風に乗って微かに流れてくるのがいいのかも知れない。

私にとってそれは、いきなり自分を五十年以上も前に引き戻してしまうタイムスリップ仕掛けのエキスなのである。


（２００５年３月23日）

チャンバラごっこ、戦争ごっこ

子供の頃は、チャンバラごっことか戦争ごっこのようなものを、よくやった。チャンバラに使う刀は、主に木の枝である。真っ直ぐなものよりも、僅かに反っているものがよかった。

ある人の話。

チャンバラ用の刀を作るとき、木の枝がすんなり伸びて柔らかく、その辺によくあるものを使った。みんなで互いに切り合いをした。ところがその翌朝、全員の顔はパンパンに腫れあがっていた。とても学校へ行けるようなものじゃなかった。あとで、その木が「ウルシ」(ハゼノキ)だと分かった。ウルシの枝で首の辺りから顔や頭など、「エーィッ、ヤーッ」と丁寧に切りまくったのだ。

さぞ盛大なかぶれようだったろうと想像する。

ウルシは、中国ヒマラヤ原産らしい。かなり古い時代に渡来したといわれる。ウルシオールとかヒドロウルシオールなどの毒成分が、皮膚に水泡性炎症を起こす。その木の下を通っただけでかぶれるという過敏症の人もいれば、触っても何の症状も出ない人もいるという。

山の中へ仲間たちと遊びに行けば、林の中などに「陣地」というものを作った。材料には折り取りやすいヒサカキの枝などを使う。

その陣地も、特別に防御とか要塞のような機能を持っているはずもなく、単純な隠れ家のような、多分に気分的な要素が強かった。それだけ当時の子供たちは想像力によって満足するという才能に長けていたのであろう。

敵味方に分かれて激しいチャンバラになって、転んだり滑り落ちたり乱暴に動き回っても、林床は落ち葉が堆積している上に、コシダ類に覆われているような斜面なので、たいした怪我などはしなかった。せいぜい擦り傷程度である。それに、互いに怪我をさせない、しない、という手加減の程度というものを体得していた。

同級生の一人は、子供の頃の怪我が元で左眼を失明していた。

大人になってからの彼は、こう言った。

「俺は喧嘩するとき、絶対に自分ではやらなんだ。子分を集めて、かならずそれらにやらした」

その理由は、もう一方の眼の視力を失うようなことがあったら、それこそ大変だったからという。もっともである。彼に、そのような用心深い「戦略」があったとは、考えてもみなかった。彼のような特別の事情ではなく、ただ子分を引き連れて悪さばかりをさせる「卑怯な」と言っていいだろうか、要領のいい「ガキ大将」はどこにもいたものである。

「ありゃーまぁ、あんな悪い奴はおらなんだわい……」などと、同窓会などで話題になる連中が、意外と実業家などになって社会に貢献している例も少なくない。人生ではどんな「才能」が生きてくるか分からないものだ。

お金や財産が増え、肩書とか権力の幾らかが備わって来ると、誰しもそれを「守る」ことに腐心しなければならなくなるようである。どうやって守るか。まず思いつくのは「守る人間」を雇うことであろう。いわば、「働きアリ」を「兵隊アリ」にすることである。「兵隊」がいなければ、おちおち安心して過ごせない気分になるらしい。

財産も地位もない、ごく一般的な「働きアリ」にとっては、そのような意識はまず生まれてこない。ただ「兵隊アリ」にされる危険には常に付き纏われていることになる。これは人生における最大の心配事である。

モノもなく、食べるだけでやっと、互いに助け合わなければ生きて行けないような時代は、戸締まりをしなくてもほとんど何の事件も起こらなかったのである。

ところがモノは余り、贅沢三昧これ以上何が要るの、という時代では、とてもじゃないが安心して日々暮らせない、というのは何という皮肉なことであろうか。

（２００５年4月30日）

四季録

堀之内公園

――私はある日、近来まれに見る大物環境整備委員長となって百年の計の夢を見ていた。堀之内に大きな池がつくられるという。競輪場の跡地全部を使った、思い切ったもの。近自然工法がとられ、都市中心部に貴重な自然がよみがえると話題を呼んでいる。

水位の管理が容易で、水面はほとんど目の高さに近い。そのため四季折々の城山と、さらにその上空を投影して空間はますます広く感じられる。建物に邪魔されることのないエノキやクスノキ、センダンの木がこんなに頼もしかったのかと、あらためて見直されている。地面にはクローバーが一面に帰ってきた。緑陰で憩う人、周遊路を散歩する人、カモ類やカイツブリ、カワセミ、オイカワ、ミズスマシ、トンボ類などたくさんの生き物たちが現れ、櫟（くぬぎ）の木も植えられたので、「ひそと青し櫟林にあそぶ子は（波郷）」の情景も見られる。

放棄された果樹園や宅地化による水田減少で余裕のでた面河ダム用水が生かされ、流入部は親水公園として市民が直接、水に触れて楽しんでいる。野球場やテニスコートの跡地には、小さいながらカヤ原や雑木林もつくられた。昆虫類を追っかけ植物採集をし、木登りをして子供たちは歓声を上げている。

ある若いお母さんの話。

「ここに来ると風も見えるんです。ほら、細かな波を立て走っているでしょう。子供もなぜか病気をしなくなりました。毎日、自然に接することができて幸せです…」

大名屋敷跡や皇室関連の緑地を持つ東京などに比べ、松山市は極端に緑が少ない。唯一残された松山城山公園の役割は、だれの目にも明らかである。広い湖面は心身の疲れをいやし、幼い子供たちの情操を育てる。カモ類をはじめ野生動物たちがいま、人間との接点を求めてきている。その種々の事情については詳述する余裕がないが、とべ動物園前の大下田池（おおげたいけ）や、某県営団地前の池など、いい例である。

これらの風景はすべての人、特に子供たちにとって、優れた素晴らしい名画なのだと思う。それは百人百様、いや二百様三百様にもなる。その一生に影響し続ける名画なのだから。

かつて堀を埋め立て駐車場にという議論があった。実現していれば、さぞかし便利にはなっただろう。整然と公園を取り囲む駐車の列…しかしそこから人々は、その人たちの心は、なにを見にどこへ行くというのであろうか。

（1997年4月4日）

自然保護

三月七日、「受かりました」と、ひかるちゃんから大学合格の知らせがあった。「よかったね、これでまた探鳥会で会えるね」

彼女は自宅通学が可能となったのだ。すんなりと背丈も伸び、今はすっかり娘さんだが、初めて出会ったときは確か小学四年生だった。松山城山探鳥会で、大正生まれのおじさんたちや各世代の入り交じった参加者の中で、小学生は珍しい存在だった。日曜日の早朝八時というのは子供たちにはつらい時間なのである。

探鳥会の最後に参加者全員で、観察できた鳥の確認「鳥合わせ」を行う。図鑑にそって順番に鳥の名があがっていく。リーダーが「はい、エナガはいくらいましたか?」と聞けば「十くらいか」とだれか。「十、でいいですか?」とリーダー。「プラス」という小さな声がした。石垣のそばで手帳に記入しているひかるちゃんがつぶやいたのである。プラスとは、少なくとも十羽は確認できたがそれ以上いた可能性がある、という意味である。リーダーが「わたしもそう思います。十プラスにします」と決めた。皆が手帳に記録する。

元旦、五時からテレビ局へ行って、早朝の生放送で鳥たちの紹介をしたのは、一九九一年、小学六年生の時だった。目の覚めるような明るいスタジオの中で上田真二さんのカザルス合奏団のモーツァルト演奏もあり、その出演に、「珍しい体験ができた」と、ひかるちゃんは喜んだ。

中学生になって、彼女はピタリと探鳥会に現れなくなった。皆と同じく勉強に忙しくなったのである。高校生のときに一通の手紙が来た。将来、どうしても自然保護関係の仕事につきたいのだが、どうしたらいいものだろう、との重大な内容だった。野鳥の会のお世話をしていると、若い人から同じような相談を受けることがある。今の日本では自然保護で食べていける職業は少ない、といっていい。私は考えあぐねたすえ、ひかるちゃんには「学校の先生になって、子供たちに自然と仲良くする方法を教えるか、あるいはお百姓さんになることかも…」と返事した。

今年四月、彼女は先生になるために大学に通う。進路に影響を与えた私はいささか責任を感じながら「これからです。一歩が始まったばかりですから」というひかるちゃんの声を感慨深く聞いた。

（1997年4月11日）

名君とお局がた

松山城山の樹叢は、野鳥たちに植林させて出来たものであることを知る人は少ない。高浜虚子の「松山道後案内」（明治三十七年など）に「定行入城の當時はかく兀山にて、樹木頗るまばらにつき定行命じて麥粟などを蒔かせて鳥類の群集するやうにした、これは鳥の糞中の植物の種子より自然に實生させて樹木を生い茂らさんためである」と紹介されている。実生は、種子をふやかせてから蒔かねばならない。鳥の〈腹くぐり〉の種子がもっとも発芽しやすいのである。

信州松代藩の城主真田幸弘はあまりに勉強ばかりするので、十五歳のときお側役の山寺彦右衛門が、小鳥でも飼ってみられてはと進言した。うなずいた幸弘は大きな籠を作らせた。その中に彦右衛門をおしこめ、鳥の気持ちを考えてみろと言って諭したという。

昔の殿様は偉かった。そうでない方もいたようではあるが、昨今のニュースは、連日のように「本日のスター」とお呼びしたい方々の登場を伝えている。宮仕えの者にとって。どういう殿の下で働くかは天国と地獄ほどの差があるといっていいだろう。ベンチャー企業などでない限り、ほとんどの会社では、日々ヒエラルキーの悲喜劇が繰り返されている。まして官公庁ではいうまでもないこと。

かつて私の職場ではお局さまもいた。アリマの局、ヤヤの局、タイラの局の方々、本来ならば反目競合しあうはずのみなさん、なぜか結束が固い。毎日のおやつ交歓のたまものか…。久しぶりに拝顔すれば、いささかまろやかなお姿である場合が多い。

ヒエラルキーの本来の目的は仕事を容易にし、効率を最大限に引き出すことにある。しかし現実にはあまりにも乖離した実情が構成員を悩ませる。殿自身がもっとも病んでいたり、爛熟した経済社会はあきらかに不健康だ。

ヒエラルキーの頂点を目指す努力は、すでに幼稚園入園のときから始まる。もはや社会の常識として定着しているために単純ではある。しかし手段や目的の識別能力を放棄した社会は。恐ろしいものではないだろうか。

渡りの季節、ガンやカモたちの弓になり竿になりの雁行が見られる。その先頭に立つものは適宜交代して、必ずしも一番偉いというものではないらしい。互いに助け合って苦難を乗り越えるわけだ。つつましやかに生きる人々の現実が気になる。

（1997年4月18日）

シナイを飼う

南予地方ではシロハラをシナイと呼ぶ。上面はオリーブ褐色、おなかが白いヒヨドリほどの大きさの鳥である。室町時代、ツグミ類を「しなひ」と呼び、江戸時代中期となってその仲間の一種シロハラを指すようになったらしい。今なおその古い呼称が残っているのである。

中学生の時、跳び箱の回転に失敗して右足を骨折した。自宅で療養していると、一年上級の友人Kが、シナイを一羽見舞いに持ってきた。当時自分で竹ひごを削ったりして鳥籠を作っていたので、やや大きめの一つを選んだ。四方ともひごにしたものではなく、二方は板にして鳥の居心地を配慮したつもりのものであった。練り餌を与えて飼った。籠の中で騒ぐようなこともしなかったが、なぜか一声も発することがなかった。鳥はいつでも、きれいな声でさえずり、元気な声を出すものだと信じていた私は、シナイはきっと怒っているのだと思った。できるだけ親切に、籠の掃除もきちょうめんにして優しく扱った。

私の足が回復し、松葉杖もいらなくなったころ、ある晩、それも深夜、部屋の暗闇の中で、「キッ、キッ」と二声叫ぶのが聞こえた。悲痛な響きだった。それから数日後の朝、籠の中で冷たくなっていた。

彼らが日本や中国南部で越冬し、春になるとアムール川下流域に帰って行かなければならないことなど、当時は知るよしもなかった。連れ合いを見つけ、巣を作り、子育てをしなければならないウスリー地方の、広大な野原や湿原をずっと思い浮かべていたのであろう。南予の山間のあばら家の薄汚い部屋で、まるで悟ったようにおとなしく彼は二ヵ月あまりも私の与える餌を食べていた。

松山市の住宅地のわが家の庭に一九八四年と九二年にシロハラがやって来た。昔のことを思い出して心が痛んだ。遠来の彼に、とっておきの干し柿(がき)などを提供して歓待する。彼は毎年うちに来て越冬していた。しかしどちらも四年ほどして突然、途絶えてしまう。おそらくは寿命が来たのであろうと考え、心を鎮める。

独りよがりの愛情が、どれほど罪深いものか今になって気づいても取り返しはつかない。しかしふと、竹ひごではない目に見えぬもので、他人を、ある時は自分を就縛していることはないかと、自省してみることがある。

（1997年4月25日）

両義性

ある日、テレビのスイッチをいれたところ、大江健三郎の、上智大学での国際家族年記念講演が始まるところだった。

小さいころもし父親が生きていたら、その仕方で教育され、文学などやることより官僚になるようすすめられ、県知事を目指すようとかいわれ、それに抵抗できなかった私はいまごろ大きな図書館を建て賄賂をとっていたかもしれない…という話から、養育と弾圧、あるいは従順と反逆など家族の中における物事の両義性について、ユーモアを交えた興味深い話が進んだ。その全体は「あいまいな日本の私」(岩波新書)中の「『家族のきずな』の両義性」に詳しい。

私はへそまがりなのか、身のまわりにある広告類をこんな目で見る癖がある。

「自然な感覚が抜群です」――この種の商品は本質的に自然な感覚に近づくことがむずかしいのだ。「安全・確実がモットーです」――リスクを伴い、かつ不確実であることを言っている。「これだけで大丈夫」――それだけでは危ういことを払拭したいわけだ。「静かさを体験してください」――本来騒々しい商品なのである。「飛躍的に耐久性向上!」――弱さをクリアしなければならんのだ…。

あげればきりがないが、コピーライターの血のにじむような努力にもかかわらず、いやそれゆえにこそ、コマーシャルはすべてその商品の弱点を雄弁に物語る。売り込めば売り込むほどその泣きどころの告白となってしまう、まさしくＣＭの両義性である。

およそ世の中に生起することの両義性に思いをめぐらせながら日々を過ごす――それは一種の救いといえないだろうか。落ち込んでいる者には勇気を、舞い上がっているときには自重をもたらすものにほかならない。「塞翁が馬」もまた然りであろう。

悲嘆の真っただ中にある人からは、なにを念仏となえておる、と叱責されるやもしれない、などと危惧を抱きながらも、自己の内部に密やかに、しかししたたかに育み持続していかなければならない、混沌と悲嘆の時代の精神の補強材ではないかとさえ思う。

核家族化の危機の中にあっても、注意力や謙譲の力を育てていくこと、対立や衝突のベクトルの方向ではなく、家族が互いに同じ方向に目を向けるものを獲得していくことが肝要だとして、大江の講演は終わる。

（1997年5月2日）

バード・リスニング

十日から「バード・ウイーク」が始まる。日本人が鳥を見れば、食べもの！　蛋白質！と追っかけ回していた時期、来日したアメリカのオースチン博士は驚いた。タンチョウやトキは絶滅寸前、北陸地方ではツグミなどが無差別大量に捕獲され、食料にされているという状態だったからである。野鳥保護の思想を普及するため、昭和二十二年、アメリカと同じ四月十日を「バード・デー」とした。その後、日から週間に改められたが、南北に長い日本列島、北の地方ではまだ雪が残っているので一ヵ月ずらせて五月十日からとした。

薫風に若葉がそよぎ野外に出れば爽快な季節。しかし野鳥たちにとっては、子育て真っ最中、近づかれては迷惑このうえない時期でもある。鳥の姿を見ようとしても、木の葉が遮る。一定の場所で日がな一日囀り続けるオオルリやクロツグミさえ、見つけるのに苦労する。この季節は見ることよりも、聴く方、バード・リスニングこそふさわしい。

カッコウ、ホトトギス、ツツドリ、ヒガラ、コガラ、ヤマガラ、シジュウカラ、ゴジュウカラ、コマドリ、メボソムシクイ、ルリビタキ、キビタキ、ビンズイ、ホオアカ、ミソサザイ、サンコウチョウ、センダイムシクイ、ウグイス、メジロ、ホオジロ、ヒバリ、オオヨシキリ、セッカ、イソヒヨドリ、カワガラス、アカショウビン、カワラヒワ、キセキレイ、セグロセキレイ、ツバメ、キジ、コジュケイ、サシバ、ヨタカ、トラツグミ、アオバズク、コノハズクなど、数は減りつつあるものの、県下の初夏から盛夏は、一人ずつ紹介したいほどの個性的な名歌手ぞろいである。

迷惑をかけず野鳥の姿を見るために適しているのは、木の葉の落ちた冬季である。一九八二年、日本野鳥の会が提唱して十一月一日からの一週間を「バードウオッチング・ウイーク」とした。野鳥を見て楽しむことから出発して、幅広い自然保護につなげていこうという考えである。ところがこの期間、愛媛県では葉っぱが残っている上に、夏鳥は南方へ去り、冬鳥はまだ到着せず、旅鳥は丁度(ちょうど)通過し終わったところ。ほとんど留鳥だけという、ウオッチングには最悪の一週間といわざるをえない。どのようにして決めたものなのか。おそらく全国的に〈リスニング〉しなかったためではないだろうかと思う。

（1997年5月9日）

追い抜いて行く子ら

教室いっぱい、はじけるような全員の斉唱がわき上がる。子供たちの、心の真ん中から飛び出してくる真率な歌声、それは朝のあいさつ、腕を振り体をゆすって楽しそうだ。五月の新緑にも似た生命力にあふれている。

その中の女の子が一人、後ろに立っている私を振り返り、動作を続けながらウインクを送ってくれた。右手を軽く挙げて応(こた)える。

愛大教育学部付属小学校二年月組の朝の授業が始まる。私は講師として招かれていた。二回目だから顔見知りの子もいる。第七十二回愛媛教育研究大会小学校の部「個の自律化をはかる授業――教育過程の評価と改善――」総合学習（生活科）の単元「生きものややさいをそだてよう」。その一部、バードウォッチングで勉強する日である。

希望者先着二十人だからみんなというわけにはいかないが、教室で基本的な話をしたあと、さっそく校庭に出て観察。一台の望遠鏡だから「順番だよ」の声に、さっと一列に並ぶ。早く早くと小躍りして待つ。それは小鳥たちにも似ている。見学の先生が「まあ、楽しいですねえ」と感激している。

「わあーっ、こちら向いてる！」「あれえ、お尻向けた…」。望遠鏡の視野に入っているのはキジバトではあったが、のぞいた子はみな驚く。何もかもが新しい彼らの毎日。

それからしばらく、鳥をめぐっての文通が続いた。折り紙の鳥や手作りの小袋などに添えられた二年生の真心が届く。夏休み、メキシコのティファナへ行った子は鳥の飾り物のみやげまで買ってきてくれた。優れたプログラムを作られたT先生からは、生徒たちが活躍している「生きものランド」のアルバムやオージュボン協会の図鑑をいただいた。

私はそのままそこにとどまっていたくても、当然のことながら、彼らは新しい世界へ、次のステップへと進んで行く。敦子・尚子・桃子・志乃・麻衣・真季・若奈ちゃんそのほか、あの時の二年生は今年、中学一年生になった。

あの日の放課後、しばらく校内を一人で探鳥させてもらった。エノキの枝に、亜高山帯に渡って行く途中のメボソムシクイが、そして樹林帯に向かうコサメビタキが休んでいた。あの子たちが「さよならー」とあいさつをして、ときに転んだり、大騒ぎしながら下校して行く。それは明らかに私を、私らの時代を追い抜いて行く姿であった。

（1997年5月16日）

インプット・ミス

ＣＤやテープを聞いて鳥の鳴き声を暗記しようとする人がいる。しかしほとんどの人が成功していないと思う。なぜならそれはスポーツや芸事と同じく、体全体で覚えるものであって頭だけではだめだからである。

鳥が鳴いているその場所で、水辺とか緑の森とか、あるいは枯れ野の寒さの中とか、その場の全情報を無意識のうちに全身で取り込みながら記憶していく、言い換えれば「現場でたびたび」が第一。場数さえ踏めば、誰(だれ)にとっても大差はない。このことから、人間そのものが、いかなる電子王国でも作られたことのない「超々々スーパーコンピューター」である、と私は考えるようになった。

だから、例えば岡山市や徳島市を舞台とするドラマで「ギューイ・ギューイ」とオナガが鳴いていては困る。この鳥は中部地方以北にしか生息していない。ＮＨＫの「中高年のための登山学」——内容はよかったが、日本の山を歩きはじめると決まってウェスタン・ミュージックが流れる。これにも参った。日本の山は決してアメリカ西部の雰囲気ではない。またその気分をもたらすものでもない。馬車や乗馬で行く平原は、歩いて登る山野とは全く異質である。それは常識であろう。ただ、ドラマは作りものだし、ＢＧＭもおそまつ、と我慢するほかない。

しかし、探訪もののでウソをやってはいけない。

納豆を作っている田舎家を訪ねていく。一月、冬枯れの田園風景でいきなりルリビタキが囀(さえず)った。あれっと思った瞬間、今度はコマドリだ。どちらも真冬には囀らない。コマドリの渡来は四月である。明らかに現地の音に鳥の声の録音をかぶせているのである。情報に対する作為や小細工が、「良心」を駆逐する時代になったようだ。

人間にとってインプットの最大のもの、それはいうまでもなく「教育」である。ウソの入力に対しては、正直にウソの結果が出力される。プログラム上のバグは問題外としても、情報入力の正確さがいかに重要か。政治家、会社社長など社会的責任の重い人たちの最近の惨状はその見本であろう。まさしくそれは、彼らの優秀な頭脳に異常な情報が入力され続けてきた結果である。だから本人たちは至極当然の行動をとったまでで、なぜ糾弾されるのか、くらいに思っているに違いない。

わが身のコンピューターが、どのような情報を蓄積してきたか、気になることしきりである。

（1997年5月23日）

独りなり

初夏のある日、天狗高原の猪伏国有林を歩いてコマドリやアカショウビンの囀りを堪能した。国民宿舎横の峠に帰ってみると、私のものと同じ車が並んで止まっていた。軽四のワンボックス、どちらも４ＷＤである。

先方も私の車を見て、持ち主が気になり待っていた様子。双方多少照れながら挨拶を交わす。私よりははるかに高齢の方である。

車の性能や使い勝手のことから始まって、山野を訪ねる旅の話となる。毎年、この車で北海道を気ままに走るのだといわれる。「高知港からフェリーで東京へ、そこから苫小牧行きに乗り継ぐと便利、ぜひあなたも」と勧められた。お年は七十七歳と聞いて驚いた。生き生きとした話し方や眼の輝きが若々しく、しかも穏やかだ。名刺の交換をする。高知県のＫ町の方だった。自然のことやひとり旅のことなどを随分と長い間、話し合った。

ではいずれまた、どこかの山でお会いできますように、と言い合って別れる。印象深く心に残る人だった。

その後、時々写真はがきが届くようになった。写真集団の会に所属とのことだったが、ブナの林の新緑や、晴れ晴れと続く北海道の原野、農場など、そのいずれも小さな画面でありながら、写し取られた風景は見るものの魂を吸い込んでいくところがあった。

ある年、「車を買い替えました。相変わらず北海道など走っています」と便りが来た。若者が好むような強力なＲＶであった。

気になっていた北海道だったが、私は飛行機で行って、ヒグマ情報におびえながら大雪山系を縦走登山しただけにとどまっていた。

そして去年のこと、そのＪさんの娘さんと思われる方から突然の便りが来た。

「最愛の父Ｊ。去る三月十五日八十五歳にて急性呼吸不全のため他界いたしました。六月北海道行きを楽しみにしておりましたのに残念でなりません。…十一月、父の愛した小田深山、石鎚へ行ってきました」

いい家族に送られて旅をされていたことを知った。ひとりの旅はすべてのものに自分の姿が映し出される。自分自身を見ながら、ある意味で自分自身を確認し同化しながら旅することでもある。ある日どうしようもなく、ひとり歩きたくなるのも、その魅力によるものだと思う。

あの世へ、独り旅立たれたわけである。

（１９９７年5月30日）

非農家の農業

スーパーやデパートの食品売り場に行くと、これだけの品物や量が、本当に売れてしまうのだろうかと思うときがある。人口が都市部に集中し、ヒトのエサがここに集結しているからなのであろうが、なぜか幻惑の世界にいるような気がする。育ち盛りを飢餓の中で過ごした世代であるからか、一瞬にしてこれらが消え失せてしまう悪夢まで連想する。

国民学校初等科の三年生から四、五年間は、野山にはウサギのエサにする雑草さえ乏しかった。私らは毎食、米粒や野菜くずが逃げ回っている水ばかりのような雑炊を食べていた。

篤志家が貸してくれた田畑で大麦を作れば、畦(あぜ)の近くだけ不揃(ふぞろ)いに伸びていく。農家の人が「やっぱり、こうなるんよ」と笑いながら通るので恥ずかしかった。ただサツマイモは作りやすい。しかし遠い山畑から背負って帰るのが重くてつらかった。母と二人、夕立にずぶぬれになり落雷を恐れながら芋掘りをしたこともある。

四年生のとき父が復員してきた。郵便局員だったので田畑のことは母と私の肩にかかっていた。小さい弟妹の守りも私、肩が痛くてたまらなくなったりすると、ときたまスイッチを入れる。

背負っている弟らの軟らかい足をつねるのだ。大声で泣きはじめると、母がとんできて下ろしてくれることになる。

大きな農家の田植えの日は、母も含めて近所の者皆が手伝いに出る。その晩は、その家で夕飯がふるまわれる。私も母に連れられていた。飢えた非農家の子供たちを哀れんで、近所のおばさんたちが次々とおすしのお代わりをついでくれた。天国のような味――お皿に四、五杯は食べただろう。その夜家に帰ってから、母は「めんどしい（はずかしい）、めんどしい！」と、泣きながら私を叱（しか）った。

中学生にもなれば、おのれ生え（自生したもの）と思われるようなビワやスモモやカキなどを友人と見つけては空腹の足しにした。

こんな貧乏な育ち方をしたためだろう、地球上の食べものの偏りが気になって仕方ない。すべては政治のせいといっても過言ではないが、その不確かさを思えば、わが国に飢餓地獄の悲劇がいつ起こっても不思議ではない。「ま、今日明日くらいは大丈夫か」などとわが身に納得させている自分が、あふれるような食品売り場の真ん中に立っている。今なお抱いたままの飢えの痛みを覚えながら…。

（1997年6月6日）

朝霧

早朝五時、「おーい」と友人が呼びに来る。夏休みの朝、「つけ針」をあげに行く。通常二人、密（ひそ）かな行動にはベストなのだ。「つけ針」は前日の夕方、うなぎ針にドジョウなどを餌（えさ）としてつけ、夜間ウナギのやって来そうな淵（ふち）に仕掛ける。糸の先を岸辺のネコヤナギにしっかりと結わえる。人の目に触れないようにするのも肝要。一人数カ所、その場所の選定が釣果に直接関係する。糸を引き上げるときの緊張感は言葉に表しがたい。

乳白色の深い霧の中、瀬音だけが響く。視界は数メートル、川面からは霧のもととなる水蒸気が盛んにわき上がっている。川に入り、ざぶざぶと顔を洗う。肱川をさかのぼった支流黒瀬川、さらにその支流の三滝川の水量豊かな朝である。こんな霧の深い日は昂然（こうぜん）とした夏日がやってくる。「朝霧、大日（おおひ）のもと」と大人たちは言っていた。

それから三十有余年、久しぶりに帰省した私は、前夜、大学生の姪（めい）に起きられるようだったら六時に来るように、と言っておいた。大阪から来ていたもう一人の高校生の姪を連れ、古城址（じょうし）から霧の朝明けを見るつもりだ。

朝、姪は濃霧の中から現れた。午前七時、三人は山頂近くの赤松林に腰をおろす。すぐ後ろでさえずっているのは早起きのヤマガラ。くすんだ青みを帯びた淡い緑色、そのたおやかな稜線(りょうせん)が霧の中から浮き上がってくる。

布巾(ふきん)に包んできた湯飲みを三個取り出す。「どしたん？　このお茶甘い」と彼女たち。数日前、皿ヶ嶺のブナ林からくんで来た水である、鉄管の水などとは格が違う。特に大阪の姪にとっては驚きだろう。いまは三滝川の水量も保水力の低下で極端に細ってしまった。あの霧の中で顔を洗った水はすでにない。

水をめぐる、ある協議会の休憩時間、顔見知りのアナウンサーUさんと立ち話をした。「Uさんも、お忙しいのでしょう？」と言えば、「ええ、わたし八ヵ月なんですよ」――その笑顔は、いつもの笑顔をさらに超えた、まばゆいばかりの瑞々(みずみず)しさだった。手を当てて笑っているおなかがふくらんでいる。再生するものの健やかさがまぶしい。

三日、Uさんに男の子が生まれた。二、七〇〇グラムの命が新しい時代に向かって生きていく。かつての清流よ戻れ！　川の水は私らの体内に流れているものそのものなのだから。

（1997年6月13日）

モズを追いつめる

子供時代はずいぶん残酷なことをしたものである。ヘビの尻尾（しっぽ）を持って振り回すくらいならまだしも、石を投げつけて惨殺する。カエルのお尻（しり）から麦わらで空気を吹き込み、おなかぱんぱんにしてみたり、おかあさんがたが見れば確実に金切り声を絞り出される行為である。最近の優等生はそういうことはしないのか、というよりも〈自主規制〉せざるを得ない環境というべきなのだろうか。

昭和二十年代、「ゴム銃」といって、赤いタイヤチューブを切って作った手製のパチンコで小鳥を撃ち落として楽しんだ。その銃弾となる径二センチほどの石ころを、いつもポケットの中に忍ばせていた。最も巧（うま）かった友人のDで年間三十二羽、私が十六羽というのが最高記録だった。

ある朝、積雪は三〇センチほどだったろう、一羽のモズを見つけた。何回も撃つのに命中しない。逃げる彼を二人で追っかけながら撃つ。雪に足をとられ、こけつまろびつ追う。冬晴れで畑一面まぶしかった。Dが走った跡の、雪の下からあらわになった野菜の黄緑が鮮やかに目に染みる。「もう、捕まえるぞ！」と叫んだDは、石垣の穴に逃れようとするモズを手づかみにした。

井手ご（用水路）のそばで、捕らえたモズの毛をむしった。少しは大きな鳥だと思っていたのに、親指ほどのちっぽけな肉の塊でしかなかった。いま思えば飢えで痩（や）せていて、スタミナもなくなっていたのである。

去年の夏、庭のサンゴ樹にモズが営巣した。早朝、親鳥のけたたましい声のたびに私は跳び起きて、三日も、巣に覆いかぶさっているハシブトガラスを追っ払わねばならなかった。彼らのご先祖さまをいじめた罪滅ぼしである。巣立ったのは二羽だった。三羽ほどはカラスの赤ちゃんのご馳走になってしまったようだ。

子供は本能的に生きているのだから、残酷なのは当然である。生きものにとっては単なる「天敵」、幼少時、強いものや弱いものとしっかり付き合って互いの連鎖関係を体験する方がいい。自然界から隔絶するから、いじめは陰湿となり、抵抗力も身につかない。

大人になれば、血の滴るようなビフテキを口にしようが、自分で絞めたわけではないので心身ともにみんな「紳士淑女」である。毎日なにを食べようと、日々の幾千幾万のいけにえを意識することもない。それを冷酷と呼ぶべきか、それとも天の恩恵というべきか。（1997年6月20日）

「アルプ」

友人に恵まれた一生はいうまでもないが、優れた師に巡り合えた人生は、またすばらしいものだといえるだろう。

山好きの人々に愛されていた月刊誌「アルプ」は一九五八（昭和三十三）年に創刊され、八三（同五十八）年、三〇〇号をもって終刊した。

山のエッセー、詩、小説、画文、写真で構成され、山とのかかわり合いを文学、芸術に高めることを目指すものであった。「アルプス」の間違いかと訊かれることもある「アルプ」の本来の語義は、スイスの険しい岩山や氷河を背にした森林限界上部の広々とした草地を指す。名付け親は詩人の尾崎喜八。ロマン・ロランやヘルマン・ヘッセなどドイツ文学の翻訳紹介に努めた。代表作に「尾崎喜八詩文集」全十巻（創文社）がある。

曽宮一念、深田久弥、畦地梅太郎、矢内原伊作、田部重治、桑原武夫、辻まこと、野尻抱影、草野心平、結城信一、中西悟堂、福永武彦、武田久吉、高田博厚、堀多恵子、宮本常一、庄野英二、西丸震哉、田中澄江、中島健蔵、竹西寛子、武田泰淳、吉野せい等々、尾崎喜八と串田孫一を中

心としたこの山の芸術誌の執筆者は六百人を超え、無名の寄稿者も同等に扱う編集を行った。しばらく山を描いた絵に短文を添えた頁〈山のとびら〉を担当していた洲之内徹は二二五号で愛媛の画家・古茂田公雄の「面河渓谷」を、二四八号で光田稔の「皿ヶ嶺」をとり上げている。

私が定期購読者となったのは六七年九月号の一一五号からであったが、あるとき湊町の古書店でバックナンバーが六十冊ほど紐(ひも)でしばって積み上げてあるのを見つけた。欠番はあったが一〇号からの古いものばかり、無理を言って分割払いで手に入れた。

動植物、天文気象、地理、社会、文学、およそ山と関係あるあらゆるものが「アルプ」の執筆者の感性と知性を通して、私の血肉となったといっていい。もちろん自分自身の山歩きによって得たものも少なくないが、そこには常に彼ら師の、目に見えぬ同行がどれほどその時空を豊饒(ほうじょう)にしたか計り知れない。いわば私にとって〈至福の私淑〉であった。

書架におおよそ一メートル半ほどの幅で並んでいる「アルプ」学校、いつでも私はその師に会いに行くことができる。もっとも、質問も回答もすべては私自身の資質にかかっているだけに、襟を正し、心を清澄にして向かわねばならぬことはいうまでもない。

（1997年6月27日）

檜の香り

古里のあのころを懐かしく思い出す出来事があった。中学生のときの日記と句集が出て来たのである。崩れ落ちそうになった物置を整理していた妹婿らが見つけ出してくれた。日記の余白にも俳句がある。当時、多少異端者扱いされていた若い国語の先生が、私たち二、三人を指導してくれていた。

　陽炎の塀を背にする昼休み
　きらきらと松葉の光る春の山
　風吹きて蜂の出くるつゝじかな
　苗代の出来て蛙の夜となり

ごく当たり前の描写ばかりだから、あの時代の中学生、正確には私は、やはり単純だったんだ、と思う。ところが、

　煙立つ家の遠さや春の風
　麦の穂の上にあらわる赤き月

帰り行くあひる二つや春の月

まるで隠遁(いんとん)した老人が、縁側に座ってボケーッと眺めている図ではないか。蕪村などを読んでいたのかもしれないが、記憶にはない。

単なる情緒の模倣の可能性もあるが、田園の凝視は、少年の心に幾十年かの歳月の向こうにあるものを感じとらせる力があったのかもしれぬ。

二つ三つ穂ののぞきたる稲の波

たんざくの雨にさびしき星迎

鳩の鳴く二百十日の静けさよ

日は落ちて秋の灯火二つ三つ

山鳩の鳴きて淋しき峠かな

やはりこれらは、具象でありながらあのころの心象を表しているような気がする。一方、多少とも若さのあるもののないではない。

ベルの音今日の学びに風薫る

菫咲く土手には歌う童あり

夏の夜ぬれたる蝶も灯のもとに

秋暑し昼寝の猫の鼻のいき

秋の日の大猫のぞく昼寝かな

猫一匹我とねむりし夜寒かな

望みや夢の姿形さえまだ不確かな、アイデンティティーの確立など考えるべくもない年齢であった。憂愁の思いや怒りとか苦悩が詠み込まれないのも、やはり未熟さのせいだろう。風景観照だけで可とすべきか。

ただ、好きな女の子もいたのに、猫とかあひる、山鳩ばかりというのもなさけない。あのころは今なお補完すべき物語に満ちている。

放課後は檜の香り秋の椅子

誰もいなくなった教室に少年が独り。その椅子は製材所のお嬢さんの席であった。

（1997年7月4日）

彼らの地

山あいの池や川のほとり、「ピリツ、ピリツ」と密(ひそ)やかに、コガモたちがささやくような合図を送りあっている。「ピューゥ」とどこかの悪戯(いたずら)っ子が鳴らしている笛の音に似た声はヒドリガモ。それは、音で描かれた冬野の風景画といっていい。

ところが彼らは、狩猟解禁日十一月十五日の夜明けには、命がけで安全地帯を探さねばならない。鳥獣保護区や銃猟禁止区域あるいは三年ごとにローテーションされる休猟区の中に、まるで県の発行する「愛媛県鳥獣保護区等位置図」の読めるものがいるかのように避難する。ハンター側も負けてはいない。例えば松山市と重信町にまたがる寄合池の半分は休猟区の松山市。ハンターはカモが重信町の水面に泳いでくるまで辛抱強く待って飛び立たせ発砲する。あれこれとせこい闘いが二月十五日まで続けられる。

その激戦をくぐり抜け命永らえたものが今、シベリアなどに帰って子育てをしている。

関西空港からアムステルダムへの九千キロ、ジェット機で十時間余りの航路は、バイカル湖やオビ川の河口近くなどシベリアを横切って行く。モスクワの北一千キロあまりも北極寄りを通る。メルカトル図法の地図を見慣れたものには遠回りとしか思えないが、地球儀に当たれば即座に最短距離と理解できる。

川とも思えぬ巨大な蛇行模様、湿地とも湖ともつかぬツンドラが茫々と広がり、行けども行けども窓外はその風景。カモやシギ、チドリなど二百種以上の繁殖地シベリアが眼下にある。これが彼らの土地、彼らのふるさとなのだと、あかず眺める。

それに比べ、越冬地や中継地として訪ねてきてくれる日本は、厚さ十センチのブロック塀がどちらの敷地に立っているかで争い、山野に出れば「関係者以外立ち入り禁止」の札に出くわす土地高度利用国である。「おれの土地、おれの土地」と声高だ。登記簿に記名のない私などは、意識するとどこにも身の置き場がない。

広大な彼らの地を見下ろしながら考える。せめて頭の中、できれば心のうちだけでも広々としていたい…しかしそんなことで彼らの越冬場所が増えるわけではない。さればこそ彼らのための「おれの土地」を確保するほかないのだろうか。年ごとに、無用のものとして消されて行く湿地、干潟、アシ原などを知るにつけ〈我利我利硬化症〉に陥ったわが国の経済構造を思う。日本人の心中から精神の広さ深さが急速に失われて行く。

（1997年7月11日）

すいじんこ

「あぶないから、ここであそばれません」という赤い標示が多くなった。芋を洗うようなプールでの監視人も、責任は重いし大変だろうと思う。その点、昔の川の中での子供たちの遊びは、うまく機能していたのだと感心する。ときに溺(おぼ)れかける者はいたが、水死の話は聞いたことがなかった。

水に潜ることを「すいじんこ」と言った。語源は知らないが「水神子」とでも書くのだったら水の神機が見守っているようでいい。

水中眼鏡をかけて潜れば、水底に真夏の太陽光がゆらゆらと網目模様に踊り、魚たちと同類になれる。石垣や岩の間の魚の隠れ場所を「がま」と呼んだ。ぐっと顔を近づけると、ハヤやドンコがこちらを見ている。静かに釣り糸を垂れるのもわるくないが、水に潜り〈やす鉄砲〉で突き刺す漁法は飽きることがなかった。鉄砲はリヤカーのスポークとタイヤチューブの赤ゴム、そして竹で作る。スポークの先端に焼きを入れて伸ばし、やすりで加工するところに根気がいる。黒い岩床の早瀬のところ、そこだけに〈吸いつきドンコ〉がいた。彼は強い流れに逆らって岩を登ることができる。水中眼鏡が水勢でガボッとはずれたりする。

あるとき、ウナギがかまからのぞいているのに出くわした。それからは友人と二人、連日ウナギばかりを追っかけた。彼らは、一匹捕っても数日後大抵また別のものが入っている。Oが捕まえた、ほとんど腕ほどもあったものはスポークをくの字に曲げてしまった。ぶらさげて帰る道々、大人たちが寄って来て「すいじんこで捕ったんか」と目を丸くした。

青黒く不気味な深淵（しんえん）も、潜って入って行けば水の冷たい静謐（せいひつ）の世界、体が冷えてくると、平たい岩に上がって甲羅干しをした。水中眼鏡のくもり止めはヨモギの葉の汁が一番である。耳栓も道々生えているヨモギか畦豆（あぜまめ）の葉を使う。秋口のある日、耳の中からガリガリとその枯れた一部が出てきたりした。どのくらい息を止めていられるか洗面器の水で試したことがある。最長二分八秒であった。小便をちびりそうになった。

子供たちは、場面こそ異なれいつの時代も危険とは隣り合わせである。世相を見れば、得難く貴重な、知恵とか伝統のようなもの、それらが年配者の郷愁の中に生きているだけでいいのだろうか、という思いが心の底に残る。

（1997年7月18日）

カラヤンの時代

音楽が貴重品だった時代から、いまや公害の一つともなりかねないありさまとなった。

ヘルベルト・フォン・カラヤンがベルリン・フィルハーモニーと共に初めて四国にやってきたのは一九六六（昭和四十一）年四月二十六日松山市民会館であった。当時の音楽関係者は「夢のような吉報」「有史以来、まさに千載一遇の大演奏会」「ほんとうかしらと思った」等の感激の言葉を寄せている。

この時カラヤンは五十八歳、指揮者としては中堅といっていい年齢であろうか。七年後の七三年の来日の際には、音楽評論家吉田秀和は「華麗、細身の剣のように鋭い音楽が、静観と省察に顔を向けつつある」と評しているが、それ以前のまさに力感にあふれた時期であった。しかも曲目はバッハ、ブラームス、ベートーベンと三大B。ベートーベンは交響曲第七番だったのだから印象は強烈だった。あのときの演奏会場は、息を押し殺していなければならないほどの緊張感がみなぎっていた。LPレコードが普及し始めたころで、それ以前は片面がせいぜい五分ほどのSP時代、一面ごとにスチール針を取り換えねばならなかった。昭和二十八年に月給の大半をつぎ込んで買ったシューベルトの「未完成交響楽」(ブルーノ・ワルター指揮ウィーン・フィルハーモニック)などはSP三枚である。一緒に演奏会に行ったOさんは。ナイフで削って作る竹針時代の経験者でもあった。

針はもちろんレコードもちびる(磨耗する)のだから、聴くときは真剣だった。それが今やどうだろう、CDとなれば「かけ流し」である。バッハの器楽曲などBGMとして使ってしまう。マリア・ジョアン・ピリスの弾く「フランス組曲」、女流作家Sさんは「バッハとしては少し弱いと思う」と感想をもらしたが、確かに〈力演型〉は消えていく時代かもしれない。ピリスの弾くショパンの「夜想曲全集」二枚ものも、繊細な感じながら叙情性を抑えた透明感が快い。ヴァイオリンのオーギュスタン・デュメイなどとの室内楽ほかにもいい盤が多くありがたい。

ところが、ものは有り余ると文字通り「有り難く」なくなる。知情意を総動員しての応対にも限度というものがあるのだから、現代の情報量の過剰は人間の内部を磨耗させているとしか思えない。私にとって擦り切れていない素朴な感性、それはカラヤンの時代あたりが最後だったような気がする。

(1997年8月1日)

声をかけてもいい地域

山歩きが好きで、県内のあちこちに出かける。道を尋ねたいとき、相手が子供だと躊躇してしまう。「ワンボックス車の変なおじさんが…！」と緊急避難所へ駆け込まれる可能性があるからだ。いつごろからこんな事態になったのだろう。山歩きを終え、里にたどり着いてここはどんな地域なのか？と用心深く考える。児童から「さよならー」とか「こんにちはー」と元気な声がかかればほっとして緊張が緩む。大人にとっても安全地帯というわけだ。そうでない地域では、子供たちは不機嫌にブスッとして車が来てもよけもしない。

ずっと以前、真夏の暑い盛り、ある山から二つの峠を越えて下って来た。父は向こう斜面の畑の夫婦を見つけて大声で叫んだ。「お茶飲ましちゃー」「おー、なんぼでもー」。返事を聞いてから随分と下ったその家の囲炉裏端で勝手にのどを潤した。

田舎ではだれしも身分証明書を首にぶらさげ、いや顔に張り付けて歩いているようなもの、それが窮屈で大変だとも言われる。

東京でほんのしばらく働いていたときのこと、地下鉄が急停車してみんな総倒れになった。しかしだれ一人として表情を変えない。また、走り込もうとしてスッテンコロリンと見事にひっくり返った人がいた。つい破顔したくなったのだが、ここも笑ってはならない。

ひとのことはわが事にあらず。それに徹するまで田舎者にはしばらく暮らしにくいものだった。ところがそのうち便利になった。何人からも干渉なし、所属団体が嫌になればいつでも出て行ける、気ままに快適な所を探せばいい、辛抱の必要がない。人間同士、互いに「無署名」なのである。あるいは「匿名性」というべきか、常に無関係という身軽さ、子供たちだけに連帯を求めても無理だと分かる。

田舎のように、地面にくくりつけられた共同体の息苦しさがない、ということは、現代人の求めてやまない「自由」な世界。農家が苦闘していることも知らず、雑草の繁茂を見ては、「田舎はいいですねえ、緑が目に優しくて…」などと感心している、そんな〈豊かな〉くらしが都会である。人を見れば…と思え、という教育まで備わっている。

朝霧の中で小鳥たちが一斉に歌っている時刻、「おはようございます!」と元気に登校して行く子ら。互いに声を掛け合えられる地域に住んでいる彼らは、残り少なくなった現代の桃源郷に暮らしているのである。

（1997年8月1日）

メスとオスまたは女と男

自然界での雌雄の役割分担は実に明確である。「同権」「均等法」などの聞かれるヒト属においては、最近ますますその限りではない。「女こどもさえ相手にしていれば商売は成り立つ」とある商店主が公言していた。企業戦略の太鼓に合わせて踊っている向きも少なくない昨今、野生生物たちの潔い生活が印象深く感じられる。

野鳥の世界にも、雌雄同色というものもいないではないが、例外を除きオスの方が明らかに華麗な出で立ちである。ヒナの養育の面でメスは地味でなければ外敵に対して不利である理由による。いうまでもないことだが、その形質と役割分担を最大限活用して効率的に繁殖する。文明や文化によって余裕が生まれ、その必要性を逓減させているヒトの一部は、当然のことながら繁殖能力も低下させている。

台風9号が四国への上陸をうかがっていた荒天の日、北アルプス蝶ケ岳を目指して登ってくる群馬県高崎女子高校の一団に出会った。えんじ色のそろいのシャツ、三十人あまり全員が二十キロを超える荷物を背負い、標高差千メートル、徳沢から六キロの長塀(ながかべ)尾根の急斜面を黙々とたどっていた。かなり以前からではあるが、山で出会う登山部員は女性が圧倒的に多い。男子については「そんな無駄なことしてはなりません、勉強第一です」との親の期待に応えての結果ではないかと推測する。

試練を自らに課しながら努力している彼女たちは誠に礼儀正しい。登りの喘ぎのうちにも、問いかけに丁寧に答えてくれる。一方、常念小屋近くで、ある青年は「四十のばばぁが、吠えやがって…」とぶつぶつ文句を言っていた。汚い言葉はたちまち自分の精神に跳ね返ってくることを彼は自覚することもないのだろう。

かつて、宇和島南高校女子もその名を全国にとどろかせたものである。一九八一年、槍ヶ岳での彼女たちは実に格好よかった。その整然とした行動は、付近で休息している者たちの注目を集めていた。

男子は「学力」によって、女子は「体力」「精神力」によって生きんとす。互いに、番成しにくい条件がそろいつつあるような気もする。

タマシギとアカエリヒレアシシギは、卵を産み落とすと子育てはオスに任せてしまい、次の男のところへ行ってしまう。どちらもメスの方が派手な姿をしている鳥である。（1997年8月8日）

日米関係

経済摩擦、制裁措置、極度の貧富の差、銃社会、訴訟王国――とくればアメリカという国はいささかいやな印象がしないでもない。

私の日米関係は一九四二年に始まる。

国民学校初等科一年生、六歳の私は深夜たびたび、星条旗模様のパンツをはいた鬼にうなされた。〈鬼畜米英〉と書いて唐紙に張っていた子鬼のぬりえのせいであった。

四五年九歳。山あいの村の空に飛び交う飛行機を日だまりに座って眺めた。グラマンが遊び半分に機銃掃射の音を響かせた。そのうちB29の編隊の群れが空一面を覆い低空飛行するようになった。夜は真っ暗闇（やみ）の中でその轟音（ごうおん）に息をひそめていた。

その秋、進駐軍が通るのを障子の破れからのぞく。役場の前に行ってみると、ジープの運転席に、ピンク色の肌の若い兵士が一人、見物に来た皆に囲まれ、彫像のように身動き一つせず座っていた。

四九年十四歳。米軍からのものという脱脂粉乳で学校給食を受ける。

五一年十六歳。十三歳の少女バーバラ・スコットさんとペンパルになった。真っ黒に日焼けした写真を送ったらプッツリと便りが途絶えた。焼き過ぎのモノクロ写真は黒人のように見えたようだ。五五年ごろまでニューヨークのハーレン・マーゴールド君らと切手や絵はがきなどの交換をした。そのとき初めて見た、封に使われた黄色い不思議なものはセロハンテープ、切り口の変わった写真はインスタント写真だと、あとになって知った。

七二年三十七歳。四年間の通信教育でコネティカット州のフェーマス・アーティスツ・スクールを卒業。銀行ローンの学費支払いがきつかった。コマーシャルアートコースでは冒険と売り込みこそ第一と学ぶ。サラリーマン生活に安住し柔軟さや創造性、闘争性を喪失していることに気づいた私はイラストレーターへの道をあきらめた。

八〇年四十五歳。皿ケ嶺で日本語のうまいケント・ネルソンさんに出会う。拙宅に来た彼の手みやげ、手作りクッキーのおいしさに驚く。

九〇年五十五歳。カリフォルニア州のナショナル・オージュボン協会職員ミセスK・Iほかと皿ヶ嶺までバードウォッチング登山をした。後日、ピーターソンの美しい鳥類図鑑をいただいた。

アメリカ文明の多大の影響を受け続ける日本だが、誇るに足る伝統的文化がいちいち拮抗(きっこう)する。トキnipponia nipponと同じ運命でなければいいがと心配する。

（1997年8月15日）

梓橋

松本駅を十六時三十五分に出た大糸線の普通列車は、夏休みに入っているはずなのに女子中学生などで賑(にぎ)やかだった。昔ながらの四人掛けに仕切られた椅子(いす)の、私の正面は中学一、二年生くらいの女の子である。ひとりで静かに文庫本を読んでいる。私はあの、尾崎喜八の印象深い掌編「冠着(かむりき)」(詩文集6『美しき視野』創文社所収)を思い出さずにはいられなかった。

季節も同じ七月の下旬、路線こそ異なるが、尾崎は講演のため篠ノ井線で長野市に向かっていた。松本からの電車の中で、岩波文庫の『ジャン・クリストフ』(ロマン・ロラン)を読んでいる勤め帰りらしい二十歳くらいの娘と、その物語をめぐって言葉を交わす。集落らしいものも見えない小さな駅「冠着」で彼女は「失礼いたしました」と会釈して下車する。そして窓外から親愛のまなざしで辞儀をして行く。尾崎は、折しも降り始めた雨に、彼女が日傘を持っていたことを思い出して安心しながらも、ロマン・ロランからの手紙の中に「私の著書の真の読者は、フランスの田舎の奥に埋もれて、名も無ければ富も無く、苦しい仕事に不平もいわず、常に黙々と働いている女たちだ」と述べられていたことを、一種のためらいから娘に話してやらなかった自分をいくらか悔いる。

いま、私の正面の少女が読んでいるものは何であろう。気掛かりではあったが、彼女の質素な服装、紺地に白い小さな梅花を並べた、まるで洗い古しの、ひょっとするとおばあさんからの形見の生地で作られたのではと思いたくなるほどに地味な、襟なしの半袖のシャツ、そして穏やかでありながらどこか凛としたものを秘めた表情が心を引く。肌もすっかり焦げ、それは家の手伝いでゆっくり焼かれたもののように見える。ときどき目を閉じ、少し考えてまた視線を本に移す。向こう側の座席の少女たちは、そろいのルーズソックスで、プリクラを見せ合って騒いでいる。

梓川を渡ったたもと、田んぼの中の小さな駅「梓橋」で彼女は下車して行った。わずか十分ほどの同席では、ときたま膝が触れ合うだけで言葉を交わすこともなかった。体力の衰えにいささか不安を抱いているこの老体さえ、これから三、〇〇〇メートルの高嶺を目指さんとしている。彼女の胸にもまた、その若さに適った望みの秘められているだろうことを、ひそかに祈りながら梓橋を遠ざかる。

（1997年8月22日）

学校園

ある山村の教育長と車で村内を走っていた。「あれっ、子供がおるが！」と彼は叫ぶように言った。小学低学年の男の子が一人見えた。「そうか、今日土曜日じゃの、ばあちゃんとこに帰っとるんじゃ」——。過疎の村には、子供が少ない。

夏休みのある日、松山市でタクシーに乗った。運転手がつぶやく。「はよ、休みが終わって、子供ら学校へ集めてもらわんと危のうてかなわん」——。子供たちは道路でちょろちょろする。遊び場のない都市の現実である。

児童生徒は、親と共に都市部に集まり、田舎から消えていく。彼らはバーチャル・リアリティー（仮想現実）の自然をブラウン管で体験することはあっても、本物の自然に接する機会が極端に少ない。保護者自身、自然との接し方を不得手とする世代となって、大事な子供たちを「危険な」目に遭わせるな、と学校にも社会にも要求する。子供たちは、まるで飼育箱のような冷暖房完備の〈環境〉で成長する。その結果、どんなヒトが出来上がるか、大げさだがこれはホラーものに近い。

今も「学校林」というものは残っていると思う。林業の体験用であったが、もはや持て余されているだろう。かつてそこは、真夏の下草刈りでアシナガバチに追っかけられたり、とぐろを巻くヘビに驚いたり、汗みどろになって、理屈ではなく体験（感性）によって、自然について学ぶ所であった。また自分自身の力や位置を知る貴重な機会でもあった。

いま使い道のなくなった学校林を、自然の中での遊びやさまざまな体験をする場所として、雑木林、荒れ地、草原などを持つ「学校園」にしなければならないと思う。特に都市部の学校を重点に、月何時間かのカリキュラムとしての義務づけを行い、遠足をかねた、四季、生徒たちがそこに通うことを心待ちにするような野外教室にするのである。それはパソコンの導入に勝るとも劣らない重大事だと思う。というのも、ヒトは日々、人工物に親しみ過ぎて、ヒト自身の内包する「自然」をすっかり忘れ去っている。そのために複雑微妙な統一体としての人格が簡単に分裂してしまう。頭をひねりたくなるような最近の異常な現象も、つきつめれば原因は一つ、本来の「ヒト」ではなくなったからではないのか。不自然を不自然と思わないことが、まず危ないのである。

「自然は決して不自然なことをしない」と主張すると、当たり前だ、とよく笑われる。

（1997年8月29日）

非常口

全国のバスに非常口が設けられるきっかけとなった、あの事故を知っている人も少なくなっていく。

あの日、私が新聞配達を手伝っていた販売店でわめいている男の人がいた。彼は小銭を工面しに行ってる間に超満員のバスに置き去りにされ、助かったのである。

昭和二十六年十一月三日午前八時十五分、貝吹村（現・東宇和郡野村町）大西を走行中の野村町駅発大洲町行国営バスが、補助バッテリーの上に置いた映画フィルム十八巻からの発火で一瞬にして炎上、乗客六十一人中三十三人が死亡、重軽傷十三人の惨事となった。翌日の新聞は、後部の一つの窓に向かって積み上げたように折り重なっている黒焦げの遺体の写真を載せた。

このバスに私の友人の従姉（いとこ）も乗り合わせていた。いったん車外に逃れ出た彼女は、ひとを助けに、また車内に飛び込んだ。乗降口で力尽きたその遺体は、外に出した右足だけが焼け残っていたという。二十二歳、看護婦だった。

所轄の巡査部長と私は少し知り合いだった。十三歳のとき、大野ヶ原登山用に注文した双眼鏡が山梨県の悪徳業者にかかり、被害者としての調書を駐在所でとられた。その日のうちに村中に「あの子はなんか悪いことしたんか？」とうわさが飛んだ。それが縁で、中学校の弁論大会の原稿作成のために、当時社会問題化していた少年非行に関する資料をたくさん貸してもらった。部長はこの事故で、奥さんと幼い子三人の家族を一瞬にして失った。母の胸の下にわずかに焼け残った靴下の模様から、わが子と分かったという。

県道29号沿いに慰霊塔がある。三十三人の住所・俗名・年齢が記されている。九歳以下が十二人、十代六人、二十代七人と、実に二十五人が二十代以下の若者である。あの日は貝吹村栗ノ木など近隣の秋祭りで、みんな晴れ着に着飾っていた。母親より一足早く祭りに向かったため犠牲となった四人のきょうだいもいる。

慰霊塔を訪ねた日、近所の老婦人と話をした。「その日に限ってぎっちらこ乗っておられて…」「窓から体半分出とられるのに、うしろは焼けて見られなんだいいましたい」「もう、なんとも言えなんだんですらい…」

今この路線を走るバスは、がら空きである。若い人や家族連れは自家用車で軽快に走り去る。「非常口」の由来など知るよしもなく。

（1997年9月5日）

新聞少年

来月、新聞少年の日がやってくる。彼らは販売所従業員の一五・五%を占めるという。

二年上級のMさんが新聞配達をしていたとき、私は毎日その尻にくっついて回っていた。ある日Mさんのお母さんが顔色を変え私を呼びに来られた。高熱を出して配達ができない、代わりはあなたしかいない、と頭を下げられた。五、六種はあった各紙を各戸別に書いてもらって、それを見ながら何日か代行した。責務の重大さがショックだったのだろうか、間もなく私に譲ってMさんは辞められた。昭和二十一年、十歳で私は新聞少年になった。

受け持ちは五十軒余り、報酬、月二十円からその後百円まで上がった。小遣い帳に幼稚な鉛筆の字があばれている。映画代一円五十銭とあり、そんな時代の子供としては高収入だ。父や母に「貸す十八円」とあったりもする。集金代二カ月分六円と記入され、次いで集金不足金四円とある。しかもまた次の回、不足金五円とくる。私は計算に弱かったとみえる。留守がちの家々、なぜかしらん「借金取り」のような負い目、バスの車掌さんと同じカバン、とにかく集金が苦痛で、それが四年ほどで新聞配達員を辞める原因となった。

終戦直後の用紙難の時代である。最も薄いときはA3ほどの一枚が一日の紙面、縦に半分に折り五十余軒分を左脇に抱えてもひどくたよりない。その後急速に紙面は拡張され、低品質の用紙ながら出版物も入ってくるようになった。刊行物といえば新聞社が主だったから、〈金持ち少年〉は販売店を通じて新しい本や情報を手に入れることができた。

囲炉裏のある家も多く、あがり框に置く新聞が火事のもとにならないか気をつかった。学校から帰って夕方配達するので、だれもいなくなった学校内を通過するときは、言いようのない怖さがあった。日の暮れたお宮も駆け足になる。

ある家で手作りの飴菓子をもらったことがある。色といい形といい、ウンコそっくりだったので難儀だった。「〇〇のおばちゃんからお年玉十円」などともあり、何軒かの方から目をかけてもらっていたことが分かる。

現代の新聞少年も、早起きの人たちとの交流があるのだろうか。

私は今も、ときたまではあるが、雨や風の日の開きにくい戸口で苦労している夢を見る。最後の一軒に来たとき、小脇に新聞がゼロになっていて慌てる夢を見る。

（1997年9月12日）

環境カウンセラー

環境庁が〈貧乏〉なのは、いまさら言うまでもない。わが国の経済構造から見れば当然かもしれない。ただ最近は、地球の温暖化や異常気象等、近い将来〈商売〉があがったりになるのではないか、という一種の危機感が生まれ、世間の風向きが少し変わってきた。

環境庁は昨年度、環境保全活動を行おうとする市民や事業者などに、自らの知識や経験を生かして助言等を行う人材を募集した。おおむね五年以上の活動歴のある者を対象に、書類、論文、面接審査の後、全国で九百八十六人（県内では四人）の「環境カウンセラー」を登録し、私もその一人となった。

先月末大阪で二日間、カウンセラー対象の研修会が持たれた。西日本の二百二十人余の参加者の多くから、共通の問題点としてあげられたものの一つは、行政のセクト意識、縦割り構造による障害であった。カウンセラーのなかには当の行政を担当している人もいたが、県政レベルではまだしも、市町村段階となると、環境保全の取り組みが非常に遅れている次元にあることが共通していた。流動性を持たず、むしろそれを恐れ、問題意識という良心を押し殺して「お日様西々」

のありさまもあると。ただそこに、自覚ある人材が一人でもいれば、雲泥の差が生まれる、という点でも共通の認識であった。

研修会は交通費も宿泊費も食事もすべて自弁の自己解決であるから、日頃から苦労しているカウンセラーにさらなる負荷を強いる。一部、勉強や準備の足りない不適格な講師も見られ、遠来の参加者をがっかりさせた。予算の関係とはいえ明らかに主催者の責任であろう。

昭和四十七年の「各種公共事業に係わる環境保全対策について」という閣議了解から実に二十五年、本年六月に、やっと「環境影響評価法」(いわゆる環境アセス法)が国会で成立はした。五十八年解散により廃案となった旧法案をベースとした五十九年の閣議決定(閣議アセス)では、主務大臣から意見を求められない限り、環境庁長官は意見を言えなかった。今回それらを改めて格段の前進、とされるが、前途多難というほかない。

「あいや、待たれい、環境殿。拙者が意見を求めておらぬのに、控えられーい」「いや、失礼つかまつった通産殿、お許しを」なんて言ってたのが「恐れながら言上つかまつる…」と、時代がほんの少し変わったわけである。国民の価値観次第で殿の力が左右される。

(1997年9月19日)

茅戸の少女

標高九一五メートルの御在所山は、城川町・日吉村・広見町の境界にある。再訪したいと思いながら、まだ果たせていない。

初めて登った昭和二十五年ごろ、そこは一面の茅原で眺望が素晴らしかった。中学校の全校遠足は、城川町の中伏越から登り、日吉村の上鑓山へ下った。十五キロ余り全行程が徒歩である。

「おーい、海が見えるぞー」とだれかが叫ぶと、海を見たことのない〈山猿たち〉が松の木によじ登る。法花津湾あたりが望めたはずであるが、遠くは白い春霞ばかり…。

目の前に座っていた女生徒が一人、斜面を滑り落ち始めた。茅が倒れている上に乗ると停めようがない。「きゃーっ」という悲鳴も初め遊び半分かと思った。しかし声は長く下のほうまで続いていく。女生徒が何人か追いかけていった。私らも少し心配になる。彼女はＫ医院のお嬢さんで、私より一年下だった。たおやかな長身、色白に大きな瞳、物言いも優しい。都会っぽくて、大勢のものが憧れていた。父上は長年、学校医を務められ藍綬褒章を受けられていた。

私ら男子が助けに行くべきだと思いながら暗黙裏にためらっていた。優しさや思いやりを率直に表すことなど気恥ずかしい、それは男の見栄、やせ我慢といっていいものだったろう。

彼女は怪我もなく、相変わらず優しく明るい表情で帰途についた。

秋のある日、友人のＯが風邪をひいて二、三日学校を休んだ。治って出て来たとき、「あの子が見舞いに来てくれた」と言った。彼の家はＫ医院の斜め前である。二階の寝床の枕元で梨をむいて食べさせてくれたと言う。私らは信じられなかった。一対一であの部屋に…。

「梨むいて渡してくれたとき、手垢でちょっぴり汚れちょったんじゃ…」

おまえ、それ食うたんか？

「おう！　食うた」

Ｏの勝ち誇った笑顔が憎たらしい。

当時仮にＯ１５７で騒がれていたとしても、彼は勇んで食べていただろう。昔から〈愛〉こそバイ菌の天敵と決まっている。

御在所山の山頂は、いまでは杉の植林で全く眺望がきかないという。Ｋ医院もＯの家も今は他の人の住まいである。

（１９９７年9月26日）

マスコミ時評

編集の目的と責任　真実を正しく伝えて

日本野鳥の会県支部による松山市重信川河口の清掃活動をテレビ局が取材に来たことがある。プラスチック類をはじめ、河口はさまざまなごみでいっぱいである。しかし、放送では、肝心のごみよりも、参加した若い女性の顔の映像ばかりが目立った。

厳冬の石鎚山頂で家内を含む九人の登山グループが、凍結した登山道でテレビ取材を受けた。数回の撮り直しもあった。知人などに連絡して待った放映日、番組にグループ登山の姿など影も形もなく、ある個人の先鋭的な冬山ものになっていた。

わが家の庭で行われた季節映像の収録。二羽のメジロが水浴を済ませ、「チチチチ」と気持ち良く飛び立った。その後にやって来た近所の白黒のぶち猫もカメラに収められた。放送では、メジロの前に猫の映像が入り、意味の全く違うものとなっていた。メジロでも満足した声と警戒の声は異なる。数日後、ぶち猫の飼い主に「うちの猫が悪いことをして…」と謝られた。

挙げたい例は少なくなく、私は「放送のからくり」を教わった。「編集」の手を経れば、必ずしも取材を受けた者や現場に出向いたカメラマンの期待どおりでない番組になるのは分かる。しかし視聴者に届くものが、このようなものでいいのだろうか。「編集」の目的は、いうまでもなく真実をいかに正しく効果的に伝えるか、にあろう。なのに報道の鉄則である正確さから逸脱している現実に、何度も向き合わされてきた。

メディア自体のあり方も気懸かりだ。権力依存で受信料制度の維持を図り、通信・放送懇（通信・放送の在り方に関する懇談会）にチャンネル削減を提言され、存在意義を損ないつつあるNHK。「規制緩和」の流行に唱和してきたつけが回ったともいえる新聞の独禁法特殊指定見直し問題で、今後、日本新聞協会はNHKを他山の石と見れるであろうか。

かつて社会の規範であった〝お目付け役〟とでもいうべき人たち…地域の代表者や企業の責任者、学校の先生、医師など社会的影響の強い職業人たち…がその使命を放棄し、あるいはさせられている現代、それに代わるものは「マスコミ」にほかならないと思われる。

ただ、現実の問題点は多い。現場と違う室内で適切でない「編集」をされた番組のように、現実と掛け離れたり、異なる意味合いを持たせてしまった報道は、放送、新聞に広がってきていると感じる。そうした虚像が人間本来の感性を摩耗させ、ひいては地球全体を尋常ならざる姿にしてしまっているという自覚はあるだろうか。

次代を担う子供たちの「人格」に多大の影響を及ぼすマスコミ従事者には、世界を背負って立たんとするほどの責任感を持ってほしいと思う。

（2006年6月19日）

少子化社会対策「根幹」検証し報道を

少子化社会対策基本法が二〇〇三年に成立した。その基本理念に基づき、種々の施策も講じられてきている。

愛媛新聞四月の一面連載「産みたい産めない進む少子化」は、夫婦の在り方や若者の結婚観、育児と働く母親、男性の協力、教育費や悩みの共有の場など、問題点の多くを取材し報告した。政府も税制や補助金などの優遇措置を打ち出してきた。基本法は、雇用環境、保育サービス、地域社会の子育て支援体制、教育、経済負担の軽減など、およそ考えられる分野の対策を網羅している。にもかかわらず、そこには重大な二つの欠落点があるように思う。

第一に、人間を生物として認識する視点が欠けていること。第二に、一七条で「家庭が果たす役割及び家庭生活」について重視しているのは正しいとしても、肝心の「家庭」の実態については不問のままである。

生物の行動はホルモンの働きに依存するという自然界の大原則がある。渡り鳥は、体内に発生するホルモンの働きによって、渡りの時期や動機を得ることが知られている。人間も生物である以上、繁殖活動や子孫の養育意欲もホルモンと密接に結び付いている。

同法の基本理念にも出てくる「男女共同参画社会の形成」に関する最近の動きは、少子化に拍車を掛ける側面すら持っている。ランドセルや服装など色彩面の伝統的な男女区別の排除、性差を意識させない小中学校での教育、男女混合名簿など、ホルモンに深くかかわる脳を混乱させると懸念されるものが少なくない。社会制度上の差別と生物学的な性差を区別できない大人が多くなった。同法はこうしたことを看過している。

結婚とか子供というものは「自然」そのものなのだから、都市生活者による議論や施策が、実効性の低いものになるのは当然である。枝葉末節の「対症療法」から脱却し「根幹」に目を向けなければ、問題は先送りになるばかりだ。

解決策は、しごく単純である。特殊な職業の者以外は、夕食だけでも家族そろって取ることのできる社会の仕組みに戻すことである、と言えばたちまち「とんでもない」と非難の声が上がるに違いない。しかし、本来の家庭生活を成り立たせない現在の経済構造と教育環境が、すべての問題の根源なのである。

目先の対策を求める政治家はさておき、これら少子化社会の下部構造について検証し、問題提起するのが「マスコミ」の仕事であろう。それが今や、詳細で過剰な犯罪報道の異常さについての自覚さえない。広く大局を見る目を開いて警世の活動を始めてほしい。

（2006年7月31日）

規制緩和と格差社会　雇用変化 原因追及を

厚生労働省が発表した二〇〇六年版労働経済白書は、非正規雇用が増加し、非正社員は一九九六年の五人に一人から、〇五年には三人に一人の割合となって所得格差が拡大していると指摘している。企業は非正規雇用を増やして人件費削減を実現、生産態勢改変にも対応し国際競争力を強めたとされる。

七月二十三日のNHKスペシャル「ワーキングプア〜働いても働いても豊かになれない〜」では、ワーキングプアと呼ばれる、働いても働いても生活保護水準以下の暮らししかできない家庭が、日本の全世帯のおよそ十分の一、四百万世帯以上になったと具体的な事例を挙げて報道され、反響を呼んだ。

年収二百万円未満が全世帯の約一割、今や百五十万円未満の世帯が急増し、格差社会が固定化しつつある。このような実情の中、企業が新たな雇用を生むためには法制上の「解雇規制」を緩め、能力開発ができなくなった者を解雇して新しい人材を新規投資として採用すべきだ、ハローワークも民間に開放しビジネス化すべきだ、と主張する学者・専門家が存在する。

人間が働くということは、生きるということと同義である。労働を商品としか評価できない

「人間」の登場は、世も末という思いがする。

地球上の生物でただ一種ヒト（人間）だけは単独では生活できない。そのため、物の名称から始まって国家間の条約に至るまであらゆる「約束事」を基盤に、弱い者も強い者も互いに助け合って暮らしている。

鳥のさえずりも一例であるが、野生生物は、最低限の生活領域として〝縄張り〟を形成する。縄張りが同一大であれば最もたくさんの個体が生存可能となる。これを「単位面積あたり最大個体数を養う機能」と言う。誰かが少しでも領分を広げればその分だけ誰かがこぼれ落とされる。皆が同じような暮らしぶりであれば争いごとは少ない。

野生生物のこの知恵の代わりに、ヒトは「規制」という約束事をもって社会的な平衡を維持してきた。いわば利害の対立を話し合い――約束で解決する生物である。

約束事をめぐる調整作業を「政治」と言う。自ら、もめごとをつくっているようでは政治家とは言えない。規制緩和の多くは、交通戦争のさなかに交通規制を緩めているようなものである。結果として、国家総資産の三分の二を一割の人が、残りの三分の一を九割の人が奪い合って暮らす、調整不能な格差社会アメリカに似通ってきた。このままでは、公的年金も医療制度も成立しない国になる可能性が大きい。

せっかくのＮＨＫスペシャル。労働経済白書の解説版レベルにとどまるのではなく、その原因にまで踏み込んでこそジャーナリズムと言えるのではないだろうか。

（２００６年９月11日）

「このままで委員会」〝実像〟公開する場を

最近のニュースに、内閣府原子力安全委員会がよく登場する。伊方原発でのプルサーマル計画と原発耐震指針の関係もあって本紙では一面トップで取り上げられたこともある。その検討分科会の一委員は同指針をめぐる論議の運営手法を批判、国民への背信行為になるとして辞任した。

行政と直結する各種委員会・審議会のたぐいは全国に無数に存在する。にもかかわらず特段の問題が起こらない限り国民はその実態を知る機会がない。

出席者となるか、あるいは傍聴してみると、極言すれば官僚との癒着の産物ではないかと思わせるものが少なくない。構成する委員に優秀な人材が集められていても、委員長職は、ほとんど当初に出された事務局案のままで長年固定している場合が多い。従って、委員長は事務局原案を追認する手法を取るばかりか、心ある委員の発言を封じ込める行為に出たりする。公表されたホームページ上の議事録・速記録によってもそれらを読み取ることができる。

こんなありさまであればやがて「悪貨が良貨を駆逐」し、ますます委員会の資質が落ちていく。

この弊害の多くは、過去の公害問題の歴史を見ても明らかである。

公式確認から五十年を経過した「水俣病」、また「イタイイタイ病」「四日市ぜんそく」「新潟水俣病」「薬害エイズ」「サリドマイド被害」「トンネルじん肺」、近くは「薬害C型肝炎」「アスベスト疾患」など、所管する役所こそ異なれ、原因物質や被害認定基準などの認可や審査にかかわった専門家の責任たるや推して知るべしである。

八月二十六日付本紙のコラムには「学者は敵　体制側の論理に追随」という見出しさえ見られた。

昔から「〇〇学者」とかさまざまな侮蔑（ぶべつ）の言葉があり、今に始まったことではないが、弊害を少しでも軽減するためには国民の監視を可能にする仕組みが求められる。形式的な政治家の資産公開などよりも、各種委員会の委員、特に委員長の実像を公開する場をマスコミは設けるべきではないだろうか。

一九六〇年、米国食品医薬品局の審査官M・ケルシー女史は、データが不備としてサリドマイド催眠剤の認可を拒否した。そのため治験段階で被害を受けた十人ほどを除き、サリドマイド児は日本の三百九人に対しゼロである。専門家の職責の重さを物語る一例である。

公害問題は環境問題でもある。マスコミは、市民個人の努力で改善がなされるかのごとく訴える傾向が強いが、そんな次元のものでないことを歴史は教えている。問題の陰に潜む真の〝犯人〟をこそあからさまにすることである。さもなければいずれまた新たな「人災」が降りかかってくるような気がしてならない。「このままで委員会」と叫びたいのである。

（2006年10月16日）

外来生物問題　「ヒト社会」にも目を

二〇〇五年十月に施行された「特定外来生物による生態系等に係る被害の防止に関する法律（外来生物法）」は、外来種が在来種を捕食したり競合・駆逐、あるいは病気や寄生虫を媒介するなど、生態系や農林水産業、人体などへの影響を防ぐ目的で制定された。例えばマングースやチョウセンイタチ、セイタカアワダチソウ、セイヨウオオマルハナバチ、北アメリカ産マツノザイセンチュウ、ブラックバス、アライグマなど対象種を指定、規制や罰則を定めた。

違反すれば懲役三年以下もしくは三百万円以下の罰金、法人の場合は一億円以下の罰金である。

この外来種問題については、八月十三日の本紙地域解説欄で「県内移入目立つ外来種」として、現状と問題点が詳しく紹介された。そのほか淀川のイタセンパラ保護対策、神奈川県のアライグマ四千匹駆除計画、国交省琵琶湖河川事務所のオオクチバス、ブルーギル対策堰（せき）についてなど、関連記事が散発的ではあるが掲載されることが多くなった。

外来種がにわかに問題化しているのは、その地域固有の生物多様性や生態系がかく乱され、そこに暮らす人間（ヒト）の生活そのものが脅かされ始めたからである。内閣府が九月九日に発表した世論調査でも、「外来種の駆除が必要」とした人は90・7％に上った。

ところで当然と思うべきか不思議と言うべきか、「外来生物法」では生物ヒトの外来種が対象となっていない。仮に「国際全生物種会議」なるものが開催されたとすれば一種対数千万種という大差で、ヒトの勝手な考え方が糾弾されるに違いない。

そのヒト社会の最近のニュースをみると、フランスの移民問題、スイスの難民審査の厳格化など、その在住者のほとんどが「外来」であるアメリカは論外としても、「ヒトの外来種」移入が各地で問題化している。

ところが一方、国連人口基金の二〇〇六年版世界人口白書によれば、国際人口移動者は一億九千百万人、世界人口の約３％を占める。しかもその稼いだ賃金の送金額は政府開発援助（ＯＤＡ）を大幅に上回り、自国の貧困状態の改善に貢献しているという。

女性の人身売買や搾取など暗い部分もあるとしながら、先進国や人口減少国にとって国際人口の移入は今後一層盛んになると予測している。数千年の歴史を継承してきた日本や中国その他の国々の伝統的な暮らしは、近い将来均一化してしまうのであろうか。

ヒトが生物であることを忘れた施策は多い。目先の新しい事象を追うのがマスコミの宿命だとしても、「原理原則」に着眼した報道がいま少し欲しい。多くの難問解決の糸口がそこに見えてくるのではないだろうか。

（２００６年11月20日）

氏素性　環境提供する自覚を

こんな体験あるいは話を見聞きした。

イ　生放送に出ているテレビ画面の中の父親に、生後十ヵ月のわが子が抱っこをせまった。その後ＶＴＲで一緒に見ていたら、そばにいる父と画面の父を見て妙なはしゃぎぶり、慌ててスイッチを切った、とある奥さんが話してくれた。

ロ　アマチュア無線の全国交信サービスの応答に熱中している両親のそばで、就学前の子供は山上の木切れや石ころで好きなように遊ばせておいた、と言う母親。

ハ　小学生の子供二人、街中に連れて行けばお金が要るばかり。休日には安上がりな田舎の山野に連れ出して過ごさせる、と言う父親。

ニ　若夫婦に家内がお茶を運んだとき、三歳の男の子は「酒持って来ーい」と言った。

ホ　ある公園での自然観察会、熱心だった母親は子供が遊歩道から草の生えている部分にそれると「そんなところへ行ってはだめでしょ！」と即座に注意する。

ヘ　近くの〇・五ヘクタールほどの史跡の池。「子供が落ち込んだらどうするのか、市役所はなぜ柵を設けないのか」と四十代の女性が抗議した。

ト　下校後は塾に行かせる、家ではゲームでもいい、とにかく外には出さないこと。交通事故、誘拐などから守ってやるのが親の責任と言う父親。
チ　給食のとき「なぜ、うちの子に『いただきます』と言わせたのだ、給食費はちゃんと払っているではないか」と抗議された教師がいた。

昨年、ニュース面をにぎわせた国内問題は、「教育基本法」「いじめ」「知事や経営責任者の逮捕」などに代表される。それらに接するたび、「氏素性」という言葉が浮かんで仕方なかった。生まれや家柄を意味するものではあるが、人間の「出来上がり方」は、その人の育ち方、育った環境次第だろう、と思ったからである。

「氏素性」を、子供が大人になっていく過程での「環境の問題」であるととらえれば、優れて現代的課題であり、「家柄」を「家庭」と読み替えていい時代ではないだろうか。

あなたの家庭は、先に述べた中のどれに一番近いであろうか。あるいは今後そうありたいと願うものか、または育てられてきた自分に近いものなのか――思いを巡らせてほしい。

広義に見れば、成育過程で受け入れる「情報」そのものが「環境」と言えよう。その重大な「環境」を連日送り出しているマスコミ従事者は、はたしてそれだけの自覚を抱いているのか。一部テレビ界の現状は、目に余る「品格」の無さである。

自分の「氏素性」について、いま一度自省、検証を行ってほしい。地球の将来を決めるのは、政治家の氏素性なのか、それとも「環境提供者」のそれなのか。

（２００７年１月８日）

マスコミの仕事 「準備書」検証・検討を

先月、マスコミの力ででもなければ解決できないのではないかと思われる事例に出合った。国土交通省の「山鳥坂ダム建設事業環境影響評価準備書」を閲覧した。二千ページにも上る大冊である。

「鳥類」の部を要約すれば、「事業区域内では生きていけないが、周辺部に同じような環境があるのでダムができても影響は小さい」としている。個体数の多いカイツブリやビンズイなどと、絶滅の危機にひんしているヤイロチョウやクマタカを、判で押したように同じ扱いで評価を下している。しかも個体数を把握していても統計上の数値処理を行っていない。生態学の常識である周辺部個体との競合原理について、無視または意図的に排除している。「方法書」の段階で指摘された問題点や「愛媛県知事の意見」にも実質答えていない。

一ヵ月ほどの縦覧期間では検討のしようもなかった重要なその他の部門についても、同様の結論のようである。

異常に膨大な調査データに対して、あきれるほど短くそっけないまとめ方をしている。

財政難の今日、この調査のためだけに平成十八年度は十億円が委託事業者に支払われた。十九年度は同様に十二億円が計上されている。あの狭い区域に、これだけの経費を使って調査員が入り込む。「追い出し調査だ」と地元では批判されている。獲得した予算の年度内消化の結果が、この膨大なデータを生んだのである。

このようなことがなぜ、今なお公然と行われるのか。原因は委託調査業務が「随意契約」であるからではないのか、と考える。契約の根拠を「会計法第二九条」などに基づくとしているが、理由とされる「緊急性や専門性」があるとは思えない。これは「談合」に極めて近い性格のものだと言わざるを得ない。

昨年NHKは、環境省の工事発注などのうち随意契約が93％を占めており、委託先の多くが環境省OBの天下り先であったと指摘した。「山鳥坂」もよく似た構図である。環境省は急ぎ改善を行い、今では毎日のように競争入札の公告を出している。NHKも、大きくて強いものからメスを入れてほしかった。今からでも遅くはない。

「準備書」についての意見書は、個人として提出もしホームページでも公開しているが、日の目を見る仕組みにはなっていない。国交省に無視されればそれで終わりである。

一市民が仕事の傍ら、その全容を調べ意見書を出すのは至難の業に近い。公共調達の適正化の問題とともに、問題点を見えにくくしている「準備書」の専門的な検証・検討は、「権力の番人」であるマスコミが取り組まなければならない緊急の仕事であると思う。

（２００７年2月12日）

コマーシャルと感受性　作り手 影響に無自覚

すべてとは言えないがテレビのコマーシャル（ＣＭ）の多くは、番組の途中の、もっとも興趣の乗った瞬間に挟み込まれる。

人さまが話をしているときに横から割り込んではいけません、という教育は、しつけの基本だと思うが、ＣＭの割り込みについて子供たちに尋ねられたとき、どう答えればいいだろうか。「お金を出しているスポンサーだからね…」「お金を出せば何をしてもいいの？」「お金がないと番組ができないんだ…」

昨年九月、大株主から、番組スポンサーになったのに幹部があいさつに来ないと批判され、そのテレビ局は担当役員など三人を処分した、と報道されたことがある。

感情の高まりを突然中断するＣＭは、ヒトの情緒の発達・安定に悪影響を与えてはいないのだろうか。おそらくは「慣れる」ことで対応していると思われるが、その結果、感情を表さない、神経を使わない、感受性などは持ち合わせない――そのような人間が生まれてくるような気がする。

そうして育った人たちが番組を作れば、ＢＧＭの音量が過大で肝心のアナウンスが聞こえなかったり、厚かましさ、やかましさ、品位のなさが目立つ作品が生まれても不思議ではない。一方、視聴者側は、そんなＣＭをカットしたりスキップしたりする機器を求め始めた。あるテレビ局の会長は「番組はＣＭを含めての著作物である。これを飛ばして再生・録画をするのは著作権の侵害に当たる」と発言した。とすれば、無作法で自分本位、礼儀や品格を失った「著作物」にあふれていることになる。最近の実験データの捏造（ねつぞう）問題などからみれば、本欄拙稿「編集の目的と責任」で取り上げた変形の事例などは足元にも及ばない。

規制緩和政策と国際競争力という「錦の御旗」によって異常な競争社会に陥ったわが国では、視聴率やＣＭの効果を上げるために、なりふりかまってはいられない。それならいっそ松山城天守閣の上に電光看板でも揚げれば効果は抜群であろう。景観上、「公共性」の問題が起こったところで、空中に張り巡らされている電線やテレビのＣＭ同様、慣れてしまえば何ということはない。

国民の感性ないし感受性は優れて公共性のあるものと思われるが、番組作りやＣＭにその自覚が足りないのではないか。

連日の報道に見られる不祥事は、政治家はもちろん社会的責任の重い地位の人たちから健全な感受性が失われた見本だと言えないだろうか。

過誤があっても追い込まれるまで白を切る、失礼という感覚を知らない、無神経とも思える態度など、各所に次々と現れる、特異な五十代から六十代の登場には驚くほかない。ぶしつけなＣＭの落とし子のように思える。

（２００７年３月26日）

番組作りに良識を　もっと生産性ほしい

ＮＨＫは、レッドソックス松坂投手の先発全試合を放送すると発表した。今季の放送数は昨年より五十五試合増の二百九十試合、米大リーグの国内放映権料は六年間で二百五十億円という。巨額の金銭の収支から、日米ともに、尋常ではない騒ぎが始まる。松坂投手の公式戦初勝利をＮＨＫはしつこく繰り返し報道した。これにはさすがに疑問の声があがる。六日、尾身財務相は、ニュースのバランスから見て問題があると批判、それに対し十八日、ＮＨＫの石村放送副総局長が「ニュース価値があった」と反論した。

ある生放送番組で、自分の趣味についてゲストが「わたしなんか、もう○○ざたです」と言ったところ、アナウンサーは即座に「ただいま不適切な表現がありました。おわびいたします」と謝罪、自分たちで決めた自主規制を重視した。この扱いに、ゲストの「生身の」人権は穴へでも入りたい様子であった。また、ある大女優Ｋが「このごろの日本は、おかしいと思いません？」と発言したとたん、アナウンサーはあわてて話題を切り替えた。視聴者はその後の発言こそ聞きたかったはずである。

最近、「教えてくれるのは…」とか「案内してくれた…」などと言う一方で、自分のことを「深呼吸してあげる」などと表現しているのもよく聞く。

ある経済誌の昨年の記事によれば、テレビ業界従事者の平均年収は最高の社で千五百七十五万円、最低で千百六十三万円とある。高収入の上に潤沢な予算を使っての番組作りが、世間一般とは異なる意識を生むのかもしれない。

民放のスポーツニュースは、各局申し合わせたように同じ時間帯に同じ内容である。事なかれ主義の「官僚化」が進んでいるように見える。

昔から野球界では金銭にまつわる問題が続出する。最近の西武、横浜の裏金問題は言うに及ばず、人買い制度とも言われるドラフト制度、甲子園成績上位チームの「野球留学」等々、フェアであるべき世界でルール違反や「金まみれ」が常態化している。ナイターシーズンには、他の番組を押しのけ野球中継が、まかり通る。

日本の少年たちの夢が、例えば、ダルビッシュ有投手がシカゴ・カブスとの契約で六年間に百三十億円をも手にする、宝くじの世界でもあり得ないような特殊なものであっていいはずがない。地味ではあっても、実現可能な夢を提示するよう、テレビ界は「自主規制」ないし努力をすべきではないか。

また、モノ余りや安さを取り上げ、消費者にこびる、あおる、笑いの種にする番組も目につく。生産者よりも消費者が偉い社会でどうする。一日平均百人ほどが自死に追い込まれている今日、日米の野球放送で憂さを晴らす国でいいのだろうか。テレビなどはしょせん娯楽にすぎないなどと言わず、もう少し生産性のある、生きる力や喜びにつながる番組作りをしてほしいと思う。

（2007年4月30日）

時代の不幸　「負荷」避け刹那追う

ある非政府組織（ＮＧＯ）の運営をめぐって混迷していたとき、若い人から「若手に関して言えば『活動家』という言葉や意識、過去の経緯、対行政の話題そのものが組織から遠ざかる要因になります」と忠告された。単なる「年寄り嫌い」だろうと思っていたが、ある日ふと、これは時代を解くキーワードではないのかと気付いた。

ＮＧＯは一般にいつも世話役すなわち活動家不足に悩まされている。常に組織の「現在」の課題なのである。また「過去」の取り組みの成否を検証しなければ、より正確な方針が打ち出せない。さらに、特定非営利活動法人（ＮＰＯ法人）や行政機関などとの関係、いわば「未来」を意識して活動するのが一般的である。若手たちは、これら過去・現在・未来を考えることが不得手なのだと気付いて、混迷の原因がにわかに理解できた。ただし次の瞬間、それでは何もしていないのと同じではないか、という疑問が浮かぶ。三者を取り除けば「刹那（せつな）」しか残らない。その瞬間その時さえよければいいということなのか。日々の報道がそれを証明してはいないだろうか。

最近のマスコミに目立つのは、スポーツ観戦、グルメと温泉旅行、コンサートライブ、ペット飼育、追っかけ、タレント出演番組、賭け事、そして個人レベルでもテレビゲーム、メール、着うた・着メロ、チャットなど「その時を楽しむもの」が多い。過去や未来を意識して現在を考えるような、心身に「負荷」のかかることは避けたいのであろう。社会性や持続性の求められる活動などは望むべくもない。安倍内閣が二〇〇六年十月、閣議決定により設置した「教育再生会議」も的外れではないか。

最近のスポーツ観戦での熱狂ぶりは、いつ戦争が起こってもおかしくないと思わせる。生活に苦しむある若いフリーターは、「こんな毎日よりは、戦争でも起こったほうがいい」と言った。「刹那」を追っかけ続ける社会構造が、取り返しのつかない事態を生んでいるのである。「働きアリ」が「兵隊アリ」に変身させられる時代は、遠くないのかもしれない。

三百万人以上の大戦犠牲者を礎に誕生した「憲法九条」や「前文」の重さ、それに耐えられる国民が少なくなった。対話のできない若者同様、各国のリーダーたちは真っ先に話し合いの努力を放棄する。「ひ弱病」に罹患（りかん）しているとしか言いようのない状態は、刹那に生きる時代の不幸である。

まず、マスコミ界自体が、この場当たり的「未成人体質」を克服してほしい。それには地球全体を見渡している「自然派」人材を増やすことが第一。野外に出、自らに「負荷」をかけ、時代に欠落している重要なものの指摘をしてほしい。

（2007年6月18日）

「松籟の下に」　あとがき

野山や水辺などに出ると、野鳥の姿や声に必ず出会います。それらは自然の一部、と言うより自然そのものですから当然でしょう。

野鳥が中心の作品も幾つかできましたが、風景などの一部として登場するものも多くなりました。

最近気になっていることがあります。自宅に居て、今までよく見聞きしていた野鳥に出会う機会が少なくなったことです。三十年ほど前までは、夜入浴していてよく聞こえたのは、上空を通過するゴイサギの「クワッ」という声、近くのアマチュア無線局のアンテナに来て「ホッ、ホッ」とテリトリーソングを歌うアオバズク、遠くから流れてくるホトトギスの「トッテカケタカ」と聞こえる叫び、あるいは、木を打つような「タタタタタタ…」という微かなヨタカの声などです。

いまではホトトギス以外は、ほぼ聞くことがなくなりました。私の家は松山市街中心部（松山城山公園など）から直線距離で約四キロメートルの所にあります。東方一キロメートルに標高二七三メートルの里山、淡路ヶ峠（あわじがとう）があります。三十年余り前まで、うちのまわりは田んぼか梨やみかんの畑でした。最近の宅地化の進展は激しく、すっかり住宅に埋め尽くされてしまいました。それを思えば野鳥がやって来られなくなっているのもうなずけます。

ただ日中は、季節によって変化はありますが、スズメ、ツバメ、ムクドリ、ハシボソガラス、ハシブトガラス、キジバト、メジロ、ヒヨドリ、モズの声などを聞くことができます。

本書では全作品、野鳥のどれかに出演してもらっています。ただ一編だけ、名前（種名）を記していないものが登場しますが、野鳥に興味のある人なら、すぐに分かると思います。

作品の主人公、特にヒロインの名前を決めるときは、いつも苦労しました。かなり以前の話ですが、S女子短期大学の全合格者名が、愛媛新聞の数面にわたって掲載されるのが恒例でした。その中から姓と名、それぞれを選んで組み合わせて使う方法がありました。ところがある年から突然その掲載がなくなりました。「個人情報」の最たるものということでしょう。本人の了承も得ずに姓や名を使うとは…と糾弾されそうな時代となりました。

それで、苦心の結果思いついたのは、まるで遊びのようなものとも言えますが、最初の頭の音だけ五十音順に決めます。それもアイウエオ…では平凡です。アカサタナ…としました。

その結果、ア、亜矢子（「鴛鴦の契り」原点61号）、カ、成沢佳奈子（「佳奈子のショウビン」

同62号以下略)、サ、紗杜子「松籟の下に」、タ、高塚珠代「六月の表札」(単行本『墓場の薔薇』創風社出版1996所収)、ナ、深草菜穂子「墓場の薔薇」(同上所収)、ハ、浅木春菜、マ、一ノ瀬真央子、ヤ、矢島弥生、ラ、北畑蘭子、ワ、若菜、イ、杉浦衣月、キ、紀那子・貴里恵、シ、佐藤志保、チ、中原知恵子、等々(以下省略)となりました。

この仕掛は、どこにも、同人誌の合評会でも明かしたことはありません。ヒロインの名前は一つの人格とも言えるので、作者としては愛しさを覚えます。指折り数えれば、この名前によって、何番目の作品かが分かります。

こんな「遊び」のせいではなく未熟さからだとは思いますが、良くいえば多様性があり、厳しく見れば、揺らぎの多い統一感の乏しい作品群となりました。ご寛容ください。

愛媛新聞に掲載の「四季録」は、随想風のものなので、懐古的な内容が多くなりました。

一方、同じく愛媛新聞掲載の「マスコミ時評」は、数十センチに積み上げた新聞や週刊誌、テレビはもちろん、議事録、Ｗｅｂなども参照・検証し、そののち、選んだ命題の執筆に取りかかるという、かなりの労力と時間を要する作業でした。同紙「門」欄の一般の投稿のように、字数も少なく、しかも編集者によって削除・訂正などの行われるものと違って、依頼された責任の重い担当コラムです。その掲載場所がなぜか「投稿・みもの」のページだったのは、違和感を覚えるものでした。

どのような検討が行われたのか分かりませんが、わたしより数人後の担当者までで、「マスコミ時評」は姿を消しました。当時の他の方のものはもちろん、わたしの掲載分を見ても、十五年ほど経ったいまでも色褪せず有用な指摘が少なくないと思います。

前回上梓の『墓場の薔薇』『永き遠足』に続き、創風社出版の大早友章・直美ご夫妻に多大のご助言、ご協力をいただきました。心から感謝申し上げる次第です。

二〇二一年　十月

初出一覧

「佳奈子のショウビン」　『原点』六十二号　一九九四年十一月十五日発行

「松籟の下に」　『原点』六十三号　一九九五年三月三十日発行

「六千万本の忘れな草」　『原点』六十六号　一九九六年三月一日発行

「イ短調な子」　『原点』六十七号　一九九六年七月十日発行

「冬野の頬白」　『原点』六十九号　一九九七年三月二十五日発行

「歩いて行く曽戸川氏」　『原点』七十三号　一九九八年九月十日発行（大幅に改稿）

「夜雨」　『原点』七十五号　一九九九年五月十日発行

「いんぐりちんぐり」　『原点』七十七号　二〇〇〇年一月二十日発行

「四季録」　『愛媛新聞』一九九七年四月四日〜九月二十六日

「マスコミ時評」　『愛媛新聞』二〇〇六年六月十九日〜二〇〇七年六月十八日

※なお、文芸誌『原点』同人会は二〇一五年二月二十八日、発足から満五十年をもって解散いたしました。

著者略歴

泉原　猛　いずはら たけし

1935 年（昭和 10 年）8 月 23 日
愛媛県東宇和郡土居村 (現・西予市城川町土居) 生まれ

1952 年（昭和 27 年）4 月
電気通信省 (現・NTT) 職員訓練所入所、12 月卒

1953 年（昭和 28 年）4 月、愛媛県立松山南高等学校 (定時制) 入学、
1957 年　卒業

1972 年（昭和 47 年）12 月
アメリカコネチカット州 Famous Artists School(通信教育) 卒業

1994 年（平成 6 年）7 月　NTT 退職

ホームページ　http://izu.dee.cc
「身近なバードウォッチングと自然の楽しみ」

泉原猛作品集

松籟の下に

2021 年 11 月 18 日 発行　定価＊本体価格 1600 円＋税

著　者　泉原　猛

発行者　大早　友章

発行所　創風社出版

〒 791-8068 愛媛県松山市みどりヶ丘９－８
TEL.089-953-3153 FAX.089-953-3103
振替 01630-7-14660 http://www.soufusha.jp/
印刷　㈱松栄印刷所　　製本　㈱永木製本

 ISBN 978-4-86037-307-8